Claudia Mühlhans

Stellenweise Bodenfrost

Impressum

Texte:	© Copyright by Claudia Mühlhans
Umschlag:	© Foto Copyright by Claudia Mühlhans,
Coverfoto:	„Dame, drei weiße Leoparden, unterm Wacholderbaum gesessen“ (Zitat T.S. Eliot), Aquarell 2004
Verlag:	Claudia Mühlhans
Buchsatz:	Jeannette Zeuner, BookDesigns, Potsdam
Druck:	epubli ein Service der neopubli GmbH, Berlin

Printed in Germany

Bibliografische Information der Deutschen Nationalbibliothek:
Die Deutsche Nationalbibliothek verzeichnet diese Publikation in der Deutschen Nationalbibliografie; detaillierte bibliografische Daten sind im Internet über http://dnb.d-nb.de abrufbar.

Claudia Mühlhans

Stellenweise Bodenfrost

34 Short Stories

Inhalt

Heinrich der Achte	7
Die Kemenate	15
Die Chance	23
Grüner Tee	33
Der Milchtrinker	39
Auf der Burg	45
Vernissage	53
In der Schlangengrube	59
Freizeitvergnügen	69
Squash	73
Champignons Royals	77
Larifari	89
Blattschuss	97
Tanztee	101
Utopia	107
Nobelweihnacht	117
Beautiful Girls	121
„Eine Rose ist eine Rose ist eine Rose“	129
Westerwälder Schinken	135
Prickelwasser	143
Anne Frank	151

Schneeweißchen und Rosenkohl 161
Löwenmäulchen 169
Raising up 177
Suschi 189
Eine Winterreise 213
Babygesicht 217
Heidis Zimmer 225
Jessie Girl 233
Das genagelte Ohr 241
Jenny 247
Sternbilder 253
Sarah Rotbaum 259
Die Himmelsleiter 261

Über die Autorin 265

Heinrich der Achte

Am Wochenende weckt mich oft Balus Schnarchen. Ich schlafe dann vor dem Fernseher ein, schalte ihn mitten in der Nacht aus, weil mich die flimmernden Bilder stören, und das ist dann das Zeichen für Balu, sich neben mich auf die Couch zu quetschen.

Irgendwann zwischen fünf und sieben Uhr früh fängt er an zu schnarchen und mit den Pfoten zu zucken.

Manchmal liege ich dann einfach da, höre ihm zu und es gelingt mir, wieder einzuschlafen, bis Anna mich weckt. Aber meistens denke ich daran, was noch alles zu tun ist, bevor die Anderen aufwachen.

Das Wichtigste ist, die Küche aufzuräumen, damit ich Anna in ihr Hochstühlchen setzen kann und sie in Ruhe ihr Milchfläschchen trinkt. Wenn sie das nicht hat, ist sie bis zum Mittagsschlaf unausstehlich. Mann, das hat sie drauf, da kann sie krass sein. Für ihre zwei Jahre ist sie aber sonst supergut dabei. Beim Memoryspielen zum Beispiel. Sie findet das Äpfel- und das Bällepärchen, obwohl die ganz ähnlich aussehen.

Da fällt mir ein, dass ich die Wäsche aufhängen muss, denn Anna hat keinen sauberen Body mehr. Gestern Abend ließ ich vorm Einschlafen noch eine Waschmaschine voll durchlaufen, zum Aufhängen war ich dann zu müde.

Tagsüber kann ich am Wochenende nicht waschen, sonst dreht Viktor durch. Der Krach platzt dann in sein bekifftes Hirn und er schlägt zu. Das letzte Mal war mir ein Zahn rausgefallen. Mia sagte, der hätte sowieso schon gewackelt. Wehgetan hatte es doch.

Ich hole die nasse Wäsche, hänge sie teilweise über die Heizung und auf das Wäschegestell, das immer im Wohnzimmer steht. Hier ist wirklich viel Zeug, Mülltüten, Kartons und so. Dabei räume ich oft auf, eigentlich täglich, sauge den Teppichboden. Mia macht das nie.

Auch Annas Bettchen beziehe ich neu, wenn' s nötig ist. Ich schlafe in eine Wolldecke gekuschelt auf der Couch. Früher schlief ich neben Mia im Bett, jetzt liegt da Viktor.

Er stinkt. Egal, ob er schläft oder wach ist.

Ich wundere mich, dass Mia das nicht stört. Es muss ihr doch auffallen.

John roch so gut. Nach seiner Haut und nach Körperöl.

John ist Annas Vater.

Er ist jetzt wieder in Amerika, in einer Stadt, die wie Anna heißt. Annapolis.

Danach wurde Mia komisch und ich musste aufpassen, dass Anna gutes Essen bekam und Milch da war.

Und überhaupt.

Neulich war keine Kleidung sauber und Anna lief den ganzen Tag im Bademantel rum und konnte nicht in die Kita.

In der Schule musste ich dauernd daran denken.

Ich bin froh, dass Anna tagsüber im Kindergarten ist, wenn ich in die Schule muss. Man weiß nie, was Viktor anstellt.

Am Wochenende bin ich ja da und kümmere mich um Anna. Sonntagmorgens ist es ganz wichtig, dass ich dafür sorge, dass Anna ruhig ist. Sie ist nämlich hüppeaktiv und das geht Viktor auf den Geist, brüllt er dann.

So sieht er auch aus, ein Gesicht wie der Totenkopf auf meinem Halloween-Kostüm. Man weiß nie, wann er ausrastet, aber am Schlimmsten ist es, wenn sie samstagabends ausgehen, kommen irgendwann nachts zurück und er kotzt.

Dann gehe ich mit Anna bei jedem Wetter spazieren, schnalle sie im Buggy fest, auch wenn sie sich vor Wut herumwirft. Mit einer Tüte Gummibärchen halte ich sie ruhig. Balu geht mit. Ab und zu sprechen mich Erwachsene an, wenn ich im strömenden Regen mit Anna auf dem Spielplatz sitze. Aber wir gehen dann ins Spielhäuschen und ich sage Anna, wir sind umgezogen und wohnen jetzt alleine. Balu liegt vor der Tür und passt auf.

Manchmal wünsche ich mir, ich könnte in einem Zug nach Hogwarts fahren und bei Harry Potter zaubern lernen. Dann würde ich Viktor wegwünschen und mir die alte Mia zurückholen.

Als John noch bei uns war, haben wir viel gelacht. Ich sagte noch Mami zu Mia und sie nannte mich ihren Großen.

„Big boy!“ grinste John, zeigte seine weißen Zähne. Die leuchteten aus seinem dunklen Gesicht.

Anna sieht aus wie er.

Große runde Augen, kurze krause Haare.

Und sie lacht aus vollem Hals, ein tiefes glucksendes Lachen.

Sie hat aber Angst vor Viktor und wenn er bei Mia ist, geht sie nicht zu ihr. Da läuft dann ein Zucken um Mias Mund, aber wenn sie voll zugedröhnt ist, ist es ihr eher recht.

Jetzt habe ich die vollen Aschenbecher ins Klo geschüttet, Pipi darauf gemacht und nur einmal ziehen müssen. Langsam wundere ich mich, dass Anna sich nicht rührt.

Aber vielleicht ist sie noch müde.

Heute Nacht schrie sie wie am Spieß, als Viktor und Mia nach Hause kamen, in der Küche laut Musik anstellten und die Türen knallten. Ich denke dann immer, ich finde die Beiden am nächsten Morgen zwischen all den leeren Flaschen herumliegen, aber bis in' s Schlafzimmer haben sie' s noch immer geschafft.

Nur manchmal die Kotze nicht bis auf' s Klo.

Das morgens aufzuwischen schaffe ich nur, wenn ich mir mit einer Wäscheklammer die Nase zudrücke. Dann schiebe ich mit geschlossenen Augen das Zeug durch viel Zeitungspapier zusammen und ab in eine Plastiktüte. Dabei halte ich die Luft an, sodass ich hinterher würgend aus- und einatme.

Manchmal muss ich mich dann gegen die Flurwand setzen und bin froh, dass Balu um mich herumstreift und ich seinen dicken, warmen Körper spüre.

Wenn ich das Ekelpaket zur Mülltonne heruntertrage, komme ich an der Kellertüre vorbei. Im Keller riecht es gut.

Nachbarn haben dort ein Apfelregal. Unser Keller ist voll Gerümpel, alten Fahrrädern, Videorecordern, Autoreifen und so.

Ich wünsche mir schon lange, ich hätte eine Eule. Ich weiß, dass man Eulen im Dunkeln halten muss.

Für sie würde ich unseren Keller leerräumen, nur das hohe Regal stehen lassen und ihr meine Schlafdecke hinlegen. Nachts könnte sie durch das offene Fenster hinausfliegen.

Tagsüber säße sie mit geschlossenen Augen da und nur, wenn ich hineinkäme, öffnete sie die Lider und würde mit ihren leuchtenden Augen auf mich warten.

Annas Milchfläschchen ist fertig. Es ist schon fast hell.

Ich drücke die Klinke zu ihrer Tür, schleiche mich an ihr Gitterbettchen.

Sie liegt so da, wie ich sie zugedeckt habe, ein geronnener Speichelfaden zieht sich von ihrem Mundwinkel auf das Kopfkissen.

Dann frühstücke ich eben erst selbst.

Ich mache mir kalten Kakao, schmiere Marmelade auf weißes Brot. Manchmal kann schon das Auswerfen der Scheiben durch den Toaster ein Wutgebrüll Viktors hervorrufen.

Heute Nacht hat er mich weggeschubst, als ich Anna beruhigen wollte. Er schüttelte sie hin und her und versetzte ihr einen Handkantenschlag in den Nacken.

Darauf wurde sie still.

Ich lief zu Mama in die Küche.

Sie saß mit geschlossenen Augen und hochgezogenen Beinen auf ihrem Stuhl und rauchte eine große Zigarette. Ich zupfte an ihrem Arm, sie winkte mich fort.

„Nimm das Vieh weg", sagte Mia heiser.

Sie meinte Balu.

Ich zog ihn am Halsband und drückte mich mit ihm an Viktor vorbei, der aus Annas Zimmer kam. Die Küchentür flog zu.

Ich schaute nach Anna.

Sie hatte auf dem Rücken gelegen, den Kopf nach rechts gewandt. Ihre Augen waren geschlossen, ich hörte sie leise schnaufen.

Vorsichtig zog ich ihr die Bettdecke über die Schultern hoch. Dann war ich auf meine Couch zurückgegangen.

Irgendetwas stört mich.

Ich kaue und denke nach.

Balu hat sein Trockenfutter weggeknackt und schlürft Wasser.

Ich frage mich, wann Mama mich zuletzt in den Arm genommen hat. Ich glaube, es war an meinem achten Geburtstag. Der war vor vier Wochen, im Januar.

Ich konnte zwei Freunde einladen und wir waren mit Mia und Anna bei McDonalds essen. Viktor war nicht dabei und wir hatten alle gute Laune.

Ich bekam die Spielkonsole, die ich mir gewünscht hatte und von Anna ein selbstgemaltes Bild.

Mama nahm mich in den Arm und drückte mich.

„Heinrich, du bist mein Großer“, schmuste sie mit mir.

Meine Backen glühten, denn meine Freunde schubsten sich und kicherten, aber ich genoss es doch.

„Mein großer Heinrich“, wiederholte Mama, „und jetzt acht Jahre.“

Sie begann zu lachen. „Heinrich ist acht“, sagte sie zu Anna, „er ist jetzt Heinrich der Achte!“

Anna verstand nur meinen Namen, lachte und wollte mir angebissene Pommes in den Mund stecken.

Balu schnauft tief, legt seinen Kopf auf mein Knie.

Ich sehe Anna vor mir, wie sie lacht. Ich sehe vor mir, wie ich sie vorhin daliegen sah.

Irgendetwas stört mich.

Ich schiebe Balu weg, gehe in Annas Zimmer.

Sie liegt da, den Kopf seitlich geneigt, den Mund leicht geöffnet, die Augen geschlossen.

Ich tippe ihren Quietschehund an, ziehe an der Spieluhr, rüttle am Bett.

Sie schläft. Sie bewegt sich nicht.

Ich friere plötzlich so!

Schlage mit den Armen um mich.

Balu knurrt leise.

Dann bellt er.

Ich knalle die Schlafzimmertür auf, renne an Mamas Bett.

„Was zum Teufel ist los?“ fährt sie hoch. Ich zerre an ihrem Arm wie ein verbissener Terrier.

Ich schnaufe vor Anstrengung, kann nichts sagen.

„Was hast du denn?“

Endlich schiebt Mia sich hoch, kratzt sich den Kopf, gähnt.

Ihre nackten Brüste schaukeln.

Ich schiebe sie in Annas Zimmer, bleibe an der Tür stehen.

Ich sehe, dass sie an Annas Bett geht.

Sehe sie die Bettdecke wegwerfen.

Sehe, wie sie Anna hochhebt.

Wie Annas Kopf nach hinten fällt.

Ich stehe in der Tür, halte mich am Türrahmen fest, denn der Himmel stürzt über mir ein, der Boden schwankt unter meinen Füßen und mein Herz schlägt so dröhnend, dass das Bummern in meinen Ohren lauter als das Schreien meiner Mutter ist.

Die Kemenate

ଓ

Lisa betrachtete das Haus. Wie eine weiße Burg lag es auf der Anhöhe. Langsam ging sie die gewundene, kiesbestreute Auffahrt hinauf. Im Innenhof standen Marians bulliger Geländewagen und der elegante Familiendaimler, Siegfrieds Porsche und Marks uraltes Cabrio fehlten. Der Kastanienbaum fing zu blühen an. Als sie fort gegangen war, hatte er noch keine Blätter gehabt.

Es war ein ungewöhnlich heißer April, die Sonne stand am wolkenlosen blauen Himmel und strahlte wie an einem Junitag.

Aus den weitoffenen Terrassentüren klang Klaviergehämmer, Spiel konnte man das nicht nennen.

Das konnten nicht die Zwillinge sein.

Wahrscheinlich waren es irgendwelche jugendlichen Gäste, die immer das Haus bevölkerten.

Marian liebte es, das Haus mit Leben zu füllen.

„Einer ihrer Ausdrücke“, dachte Lisa.

Sie hatte sich dann geweigert, das Haus mit ihrem eigenen Leben zu füllen und sich sehr undankbar gefühlt.

Undankbar, verzweifelt und starr.

Jetzt kam sie, um sich aus dieser Starre zu lösen!

Etwas musste dabei zerschlagen werden, was wusste sie noch nicht.

Vielleicht ihre eigene Schutzschicht. Sie war dazu bereit.

Vorsichtig, als wäre sie ein Dieb in der Nacht, trat sie in das weit offene, lichtdurchflutete Gartenzimmer. So genannt, weil es sich an Wohnzimmer, Esszimmer, Musikzimmer anschloss und direkt in den Garten führte.

Bevor sie hierher gekommen war, hatte sie niemanden gekannt, der ein Gartenzimmer hatte oder es auch nur so nannte.

Das Klaviergehämmer hatte aufgehört.

Jemand trampelte die Treppe herunter.

Eine Tür wurde geknallt.

Lisa stupste sachte den Globus an, auf dem die Welt aus Edelsteinen gemacht war. Dann hielt sie ihn an, reckte ihr Kinn und ging lauter auftretend als ihr üblicher leichter Gang in Richtung Küche. Vor der angelehnten Tür verharrte sie kurz, ihr schlug das Herz bis zum Hals.

„Als wäre ich eine gurrende Taube", dachte sie, „ruckediguh, Blut ist im Schuh, warum in Gottes Namen fällt mir nur immer so ein Quatsch ein?"

Die Küche war leer, vor Erleichterung schossen ihr Tränen in die Augen. Auf dem großen, gescheuerten Küchentisch standen zwei Kuchenbleche, Apfel mit Streusel und eine Leberpastete mit Trüffeln, Marians Spezialität. Das bedeutete nicht, dass besondere Gäste erwartet wurden, für Marian waren alle Gäste etwas Besonderes.

„Alle, ohne Unterschied", dachte Lisa, beäugte die Pastete, bewundernd und verachtend.

„Wohin gehe ich, was mach' ich, was mach' ich?" dachte sie flüchtig, zögerte, weiter in die Tiefe des Hauses zu steigen, das im Moment fast schwieg. Nur der Boden knarrte protestierend unter ihren Füßen.

Jetzt stand sie im Esszimmer. Der Muranoglaslüster funkelte vor Freude, heute Abend einen wie immer reich besetzten und reich bedeckten Tisch zu beleuchten.

Da hörte sie Kies knirschen.

Sie ging zum Fenster, spähte und sah Marks Jaguarcabrio.

Er stieg aus, zerzauste Haare und zerknitterte Cordhosen. So wie sie ihn zum ersten Mal gesehen hatte.

Als er zu ihrer Clique dazu stieß, durch den Freund eines Freundes. Einfach so, plötzlich war er da.

Nach zwei Stunden konnten sie sich beide nicht mehr vorstellen, sich vorher nicht gekannt zu haben. Trotzdem wusste sie lange nicht, dass er reich war, dass seine Familie reich war, so reich, dass sie es nicht nötig hatten, es zu zeigen.

Sie sahen anderes von sich, in diesen Sommernächten am See, im Schilf, in diesen Nächten, als sie so voneinander entzückt waren, dass sie einander erkannten, wie es in der Bibel stand, was sie vorher nie verstanden hatte.

Der Sommer ging, die Nächte wurden kälter, ihre Mutter drohte, sie raus zu werfen.

„Raus mit dem Flittchen, das sowieso keine Nacht mehr zu Hause ist", dröhnte deren sogenannter Lebensgefährte. Kickte mit dem Feuerzeug den Kronkorken von der Bierflasche nach ihr.

Da lief sie über, zu dem anderen Leben, von dem sie vorher keine Ahnung hatte. Kam mit einer Reisetasche voller Klamotten in das Erkerzimmer einer weißen Burg.

Es war sein Zimmer und dadurch war es gut.

Marian, seine Mutter, freute sich. Sagte sie.

„Schön, wenn Leben in Haus ist!"

Lisa fand es überlebensvoll.

Da waren die Zwillinge, Clarissa und Susan, dreizehn und Wunderkinder am Klavier.

Antonella, die Tochter, achtzehn, Mitglied einer Tanzcompagnie in Amsterdam.

Und er, Siegfried.

Der wilde, geniale Komponist und Musikdirektor, der sein erarbeitetes und ererbtes Vermögen wie aus einem Füllhorn über seine Familie schüttete.

„Kahl, aber innerlich mit Löwenmähne", schüttelte er sein Haupt über seinen Ältesten, Mark-Leon, der als Assistenzarzt in dem Bezirkskrankenhaus arbeitete.

„Der Menschenschinder, der Knochenbrecher", pflegte er die chirurgische Arbeit seines Sohnes zu kommentieren.

Als er von Lisas Grafittivergangenheit erfuhr (aus längst vergangenen Punkzeiten), organisierte er („Wozu hat man Freunde? Um Freunden zu helfen!") eine Ausstellung mit ihren frühen zaghaften Zeichnungen in seinem Institut. Ein befreundeter doppeltdoktoriger Kunsthistoriker hielt die Laudatio.

Obwohl Lisa, damals im siebten Monat schwanger, in einem weißen, bodenlangen, von Marian ausgesuchten Gewand sich körperlich monströs vorkam, fühlte sie sich innerlich so klein wie niemals zuvor.

Als Mark seinen Eltern mitteilte, dass Lisa schwanger sei, umarmte Marian sie beide und sagte, sie hätte sich immer noch ein fünftes Kind gewünscht.

Lisa sah Mark an.

„Sachte, Mutter", sagte er mit seiner ihm eigenen präzisen Friedlichkeit, „wir freuen uns auch."

Nachdem Don-Leon geboren war (eine leichte Geburt), sah Lisa sich aller Pflichten beraubt. Ihre Milch versiegte rasch.

Marian bemutterte das Kind, ließ es trinken, aufstoßen, glucksen, niemals schreien.

„Kinder brauchen Zuwendung", wisperte sie dem schweigenden Paar zu, hob Donni aus seiner Wiege, „scht, scht, schlaft ihr ruhig weiter, ihr braucht doch euren Schlaf."

Und Mark schlief wieder ein, erschöpft von seinen Diensten, Lisa verstand es ja. Sie fühlte sich auch ständig erschöpft.

Als sie mit dem zweimonatigen Don auf dem Arm die Kerzen an dem riesigen Weihnachtsbaum im Gartenzimmer anzündete (er stand im Gartenzimmer, damit der Baum sich noch an seine Heimat erinnern konnte), fühlte sich ihr Herz an wie Asche.

Grau und staubig.

Als könnte man es wegpusten.

Dann waren Ende Februar alle Bäume und Zweige noch kahl und nackt (kein schützender Schnee darauf) und Lisa verließ ihre Kemenate. Sie flüchtete in die Punker-WG, in der sie früher oft übernachtet hatte. Sie trug ihren alten bodenlangen, schwarzen Samtmantel, deckte sich nachts damit zu, zog ihn morgens an. Donni ließ sie zurück. Ihr war klar, dass sie ihm nichts bieten konnte. Wann sie aufgehört hatte, darüber zu weinen, wusste sie nicht mehr.

Aber jetzt stand sie da, in der weit offenen Terrassentür, in dem schwarzen bodenlangen Samtmantel, der in der vorgezogenen Sommerhitze schäbig schimmerte, und sah Mark entgegen.

Er stutzte nicht, sah sie nur müde an.

„Donni?" sagte sie.

Er nickte „Komm mit!"

„Wohin?" fragte sie.

Er nickte nochmals über seine Schulter.

„Bin gleich wieder da!“

Lisa ließ sich auf den Boden gleiten, saß auf der Terrassentürleiste, bohrte die Absätze in den warmen Kies, spürte die Sonne, fühlte den kalten Marmor, auf dem sie saß.

„Wohin?“ dachte sie.

Sie hörte Schritte, ihr Herz sprang.

Sie drehte sich um.

Mark stand da, mit Donni auf dem Arm. Sechs Monate, dachte sie, sechs Monate ist er jetzt alt.

Seine feinen blonden Haare waren zu einem Hahnenkamm hochgebürstet, er sah sie ernst und süß an.

„Gib ihn mir“, stieß Lisa hervor.

Mark reichte ihr das Kind.

„Ich nehme ihn mit“, sagte sie, räusperte sich.

„Wohin? In Deine WG?“ fragte Mark sachlich, ohne Spott.

Niemals würde sie ihr hochgebürstetes Küken in dieses Chaos bringen. Sie presste Don an sich.

Mark sah in ihr Gesicht. Er fragte sich, wie er sie jemals hatte schön finden können, mit vierzig Jahren würde sie täglich dieses längliche, eingefallene Gesicht tragen.

Auch dann werde ich immer nur sie sehen, dachte er und sagte: „Dein Mantel ist voller Farbe.“

„Lass“, erwiderte sie müde, „das wird immer wieder vorkommen.“

„Was für ein Chaos“, sagte er leise.

„Wir werden uns unser eigenes Chaos schaffen müssen. Wir drei. Kommst Du mit?“

Er nickte.

Kreatur, Aquarell 2015

Die Chance

ଔ

Cynthia Cox-Maier wurde mit 39 Jahren zum ersten Mal Mutter. Sie hatte sich für einen Kaiserschnitt entschieden, denn das Kind sollte noch im Sternzeichen des Löwen geboren werden.

Es waren keine beruflichen Erwägungen gewesen, die eine frühere Mutterschaft verhindert hatten. Seit acht Jahren widmete sie sich mit Hingabe und wahrer Aufopferung der Aufgabe als Haus- und Gartenverschönerin ihrer Sieben-Zimmer-Villa und des zweieinhalbtausend Quadratmeter großen Gartens.

Mit Erfolg, wie sie sich stolz sagen konnte. Als Abonnentin aller hochpreisigen Lifestyle-Magazine entging ihr kein „Home and Garden" – Trend. Mit dem angelesenen Geschmack ihrer Zeit und dem Geld ihres Mannes verlieh sie ihrer unbelebten Umgebung einen cleanen Chic, mit Tupfern eines warmen Landhauscharmes.

So formulierte sie es jedenfalls für sich, wenn sie passend zur Jahreszeit Blumen- und Gläserarrangements auf diversen auf alt gebeizten Beistelltischchen und pseudoantiken dünnbeinigen Sekretären arrangierte.

Im Sommer wurden auch marokkanische Accessoires nicht verschmäht, obwohl Cynthia die Erste war, die sie in ihrem weiblichen Freundeskreis als zu etabliert in deutschen Behausungen, um wirklich noch stylish zu sein, brandmarkte. Aber, und darauf war sie stolz, ihre geistige Souveränität ließ sie sich über solche, gesellschaftlich betrachtet nicht unwichtige, Kleinigkeiten hinweg setzen.

Was sie betraf, hätte diese Lebensform noch mindestens weitere acht Jahre andauern können, aber ihr Mann hörte ihre biologische Lebensuhr ticken.

Cynthia nahm ihr biologisches Dasein nur sehr peripher zur Kenntnis, und ihre Uhren maßen die Zeit unter ihrer dekorativen Kontrolle als Wandschmuck oder unter Glasstürzen.

Ansonsten gab es Kosmetiksalons und kleinere ästhetische Verschönerungen. Aber sie fürchtete, Haus, Garten und die Rechte am stolzen Einkommen ihres Mannes zu verlieren, wenn sie seinem immer massiver werdenden Druck nicht nachgab.

Die Schwangerschaft verlief problemlos. Cynthia nahm neun Kilo und achthundert Gramm zu, das Kugelbäuchlein passte gut zu ihrer grazilen Figur. Ihr Mann war glücklich über das zu erwartende Kind. Materiell hatte er es als Sozius der gut gehenden Rechtsanwaltspraxis Schlangenotto und Cox-Maier zu gutbürgerlichem Wohlstand gebracht, nun wünschte er sich einen Erben, um ihm eines Tages sein Vermächtnis hinterlassen zu können.

Für jeden Schwangerschaftsmonat schenkte er seiner Frau ein Schmuckstück, zur Geburt ein aus Silber geschmiedetes mit Edelsteinen und Perlen verziertes Schmuckkästchen aus dem 18. Jahrhundert.

Als Cynthia ihr Sohn in den Arm gelegt wurde, äugte sie beglückt nach der auf dem Privatkliniksnachttischchen stehenden Preziose.

So war alles gut ausgegangen.

Bis auf das Kind.

Es schrie, wollte nicht an der Brust ziehen, schlief nur stundenweise.

Cynthia engagierte eine Säuglingsschwester, die den kleinen Fabian-Frédéric pflichtbewusst und engagiert mit Fläschchennahrung versorgte und ihn durchaus nicht lieblos in den Schlaf wiegte.

So verlief Fabian-Frédérics erstes Lebensjahr.

An seinem ersten Geburtstag trug er ein bleu-blanc gestreiftes Leinenensemble DER französischen Nobelfirma für Babyausstattung.

Da er seine Geburtstagstorte relativ schnell wieder erbrach, wechselte er vom Schoß seiner Mutter zum Kindermädchen, das die Säuglingsschwester abgelöst hatte. Die trug das schreiende Kind in das voller pädagogischer Wunder ausgestattete Kinderzimmer und summte es in den Schlaf.

Das dauerte zwei Stunden.

Das Geburtstagsfest verlief noch ungestört bis Mitternacht.

Alle Gäste versicherten Cynthia, dass Essen, Getränke und geheimnisvolles Gartenambiente (edelsteinfarbige Windlichter und Perlenketten in Bäumen und Sträuchern verteilt), sowie Kleid der Gastgeberin (hauchzarter Chiffon) ein Traum gewesen seien.

Es war ein schöner warmer Spätsommer und, um auf Rat des Kinderarztes Fabian-Frédéric durch sanfte Sonnen- und Luftbäder zu kräftigen und die Mutter vom häufigen Geschrei des Einjährigen zu entlasten, wurden Kinderschwester und Kind zum nahe gelegenen Freibad mit Baumbestand um das Kleinkindbecken geschickt.

Dort traf Fabian-Frédéric auf José.

Dieser war acht Jahre jünger als sein nächst älterer Bruder. Dann waren da noch zwei Schwestern und sein ältester Bruder Miguel, der aber mit seinen 22 Jahren schon verheiratet war und nicht mehr zu Hause bei Mama, Papa und den restlichen vier Kindern lebte.

Rosa, Josés Mutter, hatte mit 43 Jahren nicht mehr mit einer Schwangerschaft gerechnet. Seine Ankunft erfüllte sie mit Dankbarkeit Gott gegenüber, dem sie dieses späte Glück zu verdanken hatte.

Und wer José ansah, wurde ebenso von diesem Gefühl angesteckt. Er war Ende August geboren, im Zeichen der Jungfrau, und hatte gerade seinen ersten Geburtstag im Kreise einer lärmenden, küssenden und tanzenden Familie gefeiert.

José wurde von einem Arm zum anderen gereicht, bekam von jedem einen Happen in den Mund gesteckt und die Küsse knallten auf seinen seidigen Wangen. Er quittierte alles mit seinem süßen Lächeln, das neuerdings zu seinen beiden oberen Zähnchen zwei entzückende Mausezähnchen im Unterkiefer enthüllte.

Wenn er müde wurde, schlief er auf dem Arm Desjenigen ein, auf dem er sich gerade befand.

„Mein hübscher kleiner niño", dachte Rosa und bewunderte die blonden zarten Haare und die blauen Augen ihres Jüngsten. Alle ihre anderen Kinder waren braunhaarig und braunäugig, aber in ihrer Familie, die aus Barcelona stammte, gab es hellhaarige und blauäugige Mitglieder.

„Wie ein Engel sieht er aus", dachte sie hingerissen vom Charme ihres Kleinen, der mit einer Sandschaufel auf das blitzblaue Wasser des Kleinkinderbeckens einschlug und jeden Wasserspritzer mit einem hellen Juchzen kommentierte.

Verblüfft beobachtete ein anderer Junge Josés Treiben.

Dieses andere Kind war Fabian-Frédéric, die Wangen noch von den Tränenspuren des letzten Schreianfalls benetzt. Sein Kindermädchen drückte ihm ebenfalls eine Sandschaufel in die Hand. Ausnahmsweise war Fabian-Frédéric still. Die letzte Woche hatte ihm zwei obere Zähnchen zu seinen beiden unteren und dem Kindermädchen Anette etliche schlaflose Nächte beschert.

Beide Kinder trugen Sonnenmützen.

Josés bestand aus einer alten Schirmmütze seines neunjährigen Bruders. Sie rutschte ihm ständig über die Augen und er ruckte sie energisch zurück.

Fabian-Frédérics Kopfschutz war aus feinstem schneeweißem Leinen und schützte den Nacken. Ansonsten waren beide Kinder nackt. Sie sahen sich verblüffend ähnlich.

„Wie süß, Zwillinge!“ kommentierte eine Mutter, die ein unwilliges dreijähriges Mädchen im rot gepunkteten Badeanzug durch das knöcheltiefe Wasser schleifte, die beiden Babies.

José streckte die Hand aus und griff sich energisch Fabian-Frédérics Schippchen. Das war knallrot lackiert und hatte einen Holzgriff. Mit dem ihm eigenen liebenswerten Lächeln drückte er seine verbeulte blaue Plastikschaufel Fabian-Frédéric in die Hand.

Das Kindermädchen stand bei Fuß, um bei einem Weinanfall des Einjährigen einzugreifen.

Doch Fabian-Frédéric beugte sich der liebenswürdigen Natur seines Gegenübers und versuchte, ebensolche Wasserplatscher zu erzielen wie José vorher.

Ein versuchter Freudenjuchzer klang wie das ungeübte Krähen eines Junghahns, was José zu einem jodelähnlichen Echo veranlasste.

Mutter und Kindermädchen setzten sich an den Beckenrand, um sich gegenseitig die Vorzüge ihres Kindes beziehungsweise Schutzbefohlenen zu erläutern.

Rosa behielt dabei eindeutig die Oberhand. Ihre körperliche Fülle wurde durch ihre ausladenden Bewegungen eindrucksvoll unterstrichen.

Anettes verbale und körperliche Knappheit war auch durch emotionale Zurückhaltung ihrem Schützling gegenüber definiert. Sie hatte erst vor einem Monat diese Stelle angetreten und durchwachte Nächte lassen die Zuneigung langsamer wachsen, als ausgeruhtere Nerven es zulassen würden.

Trotz des unterschiedlichen Naturells verstrickten sich die beiden Frauen in eine lebhafte Erziehungsdiskussion, wobei Rosa mehrmals vor Erstaunen ihre kräftigen Arme windmühlenartig herum schwang.

Warum brauchte so ein kleines Kind ein eigenes Bett? Es schlief bei seiner Mama! Alle Kinder hatten bei ihr geschlafen, bis sie abgestillt waren.

Warum musste ein Kind extra in eine Schule, um Musik zu machen? Musik gab es bei ihr den ganzen Tag. Irgendeiner sang immer. Oder das Radio spielte.

„Und", Rosa packte Anette fest am Oberarm und sah ihr tief in die Augen, „Kinder wissen, was sie brauchen. Sie sitzen am Tisch und essen, was sie wollen. José liebt gebackenen Tintenfisch. Seitdem er seine Zähne hat, nagt er voller Wonne daran."

Anette dachte an die zermusten, abgewogenen Gemüsemahlzeiten, die sie viermal täglich in Fabian-Frédéric hineinpressen musste, und schwieg mit säuerlicher Miene.

Ein schriller Schrei ließ sie auffahren. Das Kind mit der weißen Sonnenmütze und der blauen Schaufel schluchzte jämmerlich. Vor Jose schwamm seine Schirmmütze im Wasser. Er patschte friedlich mit der roten Schaufel vor sich hin.

Rosa durchpflügte mit ihren kräftigen Beinen das Wasser, während sich Anette storchenbeinig auf ihren Schützling zu bewegte.

Bei ihm angekommen sah sie, dass eine blutige Schramme quer über seine Nase lief.

„Mir von Erziehung was vorquatschen und solche Rabauken großziehen“, murrte sie vor sich hin. Mit energischen Griffen ruckte sie die Leinenkappe zurecht, tauschte die beiden Sandschaufeln aus. Als sie die rote Schaufel Josés unwilligem Griff entriss, fing dieser ebenfalls zu schreien an. Anette schmiss die blaue Schaufel zu seiner Schirmmütze, die im Wasser schwamm.

„Schauen Sie, was ihr Kind angerichtet hat!“ warf sie in scharfem Tonfall Rosa zu und wies auf Fabian-Frédérics rotz- und blutverschmiertes Gesicht.

Stumm beobachtete Rosa, wie sie sich mit dem sich wehrenden Kind auf dem Arm entfernte.

Der kleine Junge zu ihren Füßen weinte in langen Schluchzern.

Rosa setzte ihm seine große Schirmmütze auf und wollte ihm seine blaue Schaufel reichen. Dabei bemerkte sie voller Entsetzen, dass der Nacken, die Ohren und der obere Schulterbereich des Kindes knallrot waren.

„Mein armer Kleiner, deshalb weinst du so! Komm zu deiner Mama.“

Sie hastete mit dem weinenden Jungen auf dem Arm zu ihrer Decke, wo sie seinen Oberkörper mit einem Badetuch verhüllte, dass nur noch die rotzverschmierte Nasenspitze heraus sah.

Zu Hause angekommen hüllte sie das vor Schmerzen sich

windende Kind in feuchte Betttücher und schickte ihre älteste Tochter Maria in die Apotheke, um kühlendes Gel zu holen. Außerdem versuchte sie, dem leicht fiebernden Kind soviel Flüssigkeit wie möglich zu geben.

Trotzdem weinte es die ganze Nacht.

Als sie den Jungen in der dritten Nacht zwischen ihre Brüste bettete, schlief er sofort ein. Von da an weinte er nicht mehr.

„Ganz der alte José!" atmeten alle Familienmitglieder auf. Nur Rosa erschien er magerer und gleichzeitig größer als vorher, als hätte ihn das Erlebnis Kraft gekostet und doch zu einem Wachstumsschub verholfen.

Als Anette mit dem inzwischen eingeschlafenen Kind im Buggy im Garten der siebenzimmerigen Villa eintraf, erhob sich Cynthia aus ihrem Teakholzdeckchair.

Während sie die rotweißgestreiften Bikinischlaufen an ihren Hüften zurechtknüpfte, warf sie einen Blick in den Kinderwagen.

„Um Gottes Willen!" fuhr sie zurück, „was ist denn mit Fabian-Frédéric passiert? Warum ist denn seine Nase so breit und blutverschmiert?"

„Ein fremdes Kind hat ihn mit der Schaufel geschlagen!" murmelte Anette schuldbewusst.

Cynthia warf ihr einen scharfen Blick zu: „Wozu bezahle ich dich?" sagte der. Laut äußerte sie: „Ja, meinen Sie, dass das Nasenbein gebrochen ist?"

„Nein, das ist nur eine Schramme, das verheilt wieder!" bemühte sich Anette, den Vorfall zu bagatellisieren.

Cynthia nahm das schlafende Kind hoch, um das Gesichtchen zu betrachten. Dabei geschah etwas Seltsames. Während Fabian-Frédéric sich oft auf ihrem Arm aufbäumte und zu weinen anfing, legte er diesmal mit einem tiefen Schnaufer die Arme um ihren Hals und saugte sich mit seinem Mäulchen an ihrem Hals fest.

Cynthia versuchte vorsichtig, ihn zu entfernen, aber wie eine Napfschnecke blieb er an ihrem Hals kleben. Ein tiefwohliges Gefühl breitete sich in ihrer Schultergrube aus.

„Tja, ein Kind ist eben doch bei seiner Mutter am besten aufgehoben!“ sagte sie laut vor sich hin. Einerseits um Anette zu bestrafen, andererseits um dieses wohlige Gefühl weiter auszukosten.

In der Nacht schrie er sich wie oft in eine wilde Verzweiflung hinein.

„Die Nase wird ihn schmerzen“, sagte sich Cynthia, während sie ihn vorsichtig auf ihrem Arm wiegte. Und siehe da, wieder saugte er sich mit seinem zarten Mäulchen an ihrem Hals fest. Wieder erschauerte sie wohlig.

„Sie können gehen“, sagte sie kalt zu Anette, „ich kümmere mich selbst um mein Kind.“

Diese hörte die bald anstehende Kündigung heraus, die auch dann eintrat.

Cynthia liebte es, mit dem anschmiegsamen Kind auf dem Arm durch ihre Räume zu wandeln und mit leiser Stimme Fabian-Frédéric ihre Schätze zu zeigen.

Als Dr. Cox-Maier sich an die breitere, verschorfte Nase seines Sohnes gewöhnt hatte, begann auch er, die Gesellschaft eines heiteren kleinen Genossen am Esstisch zu genießen. Wenn Fabi, wie er jetzt doch genannt wurde, seine drolligen kleinen Zähnchen zeigte und an allem, was ihm gereicht wurde, herumnaschte, dazu mit einem zarten Stimmchen Kommentare zirpte, lächelte sich das Ehepaar über den Tisch hinweg an.

Die gemeinsame Liebe zu dem wohltuenden Kind erzeugte ein Zusammengehörigkeitsgefühl, wie sie es all die Jahre vorher nicht gekannt hatten.

José ging es in seiner Familie ebenfalls gut. Bis er in der Schule schwimmen lernte, ließ ihn Rosa nie auch nur in die Nähe von Wasser. Wenn die Familie ihre Verwandten in Barcelona besuchte, durfte José nicht mit den Anderen am Meer spielen. Er bräunte auch nicht wie die anderen Familienmitglieder. Seine Haut blieb immer empfindlich. Rosa schob das auf den Sonnenbrand, den er sich mit einem Jahr geholt hatte.

Ansonsten verblüffte er durch eine frühe Kenntnis seiner beiden Muttersprachen Deutsch und Spanisch. Er wurde ein rasanter Autofahrer und begann als erster der Familie ein Hochschulstudium, und zwar das der Medizin.

Rosa und ihr Mann Juan dankten täglich Gott für dieses wunderbare Kind, das er ihnen geschenkt hatte.

Fabian-Frédéric erfreute seine Eltern mit einer gesunden Haut, die im Sommer einen tiefbraunen Kontrast zu seinem blonden Haar bildete.

Nach seinem Abitur lehnte er ein Studium ab. Da er eine natürliche Begabung für den Umgang mit Zahlen besaß, begann er eine Ausbildung zum Steuerberater.

„Der Junge weiß, was lukrativ ist!" kommentierte sein Vater anerkennend.

Keiner der beiden Jungen hat es jemals bereut, dass José bei dem Versuch, die Sonnenmützen zu tauschen, von Fabian-Frédéric einen kräftigen Hieb mit der Schaufel auf die Nase bekommen hatte.

Grüner Tee

ଔ

An seinem fünfzehnten Hochzeitstag verliebte sich Auguste in seine eigene Frau. Nicht, dass er vorher nicht schon einmal in sie verliebt gewesen wäre. Nach dem Kennenlernen des reizenden siebzehnjährigen Mädchens folgte eine einjährige Verlobung mit Blumen, einem Ring und Nachmittagsküssen. Es war eine vergissmeinnichtblaue Zeit, die in eine Ehe mündete, deren herausragende Ereignisse die Geburten der beiden Töchter waren. Auguste hatte seine Frau nie betrogen, teils aus Bequemlichkeit, teils weil er eine eingewurzelte Neigung zu Ordnung und Übersicht besaß, und Affären hätten Zeit und Geld gekostet. Auch hatte er nicht das Bedürfnis danach, was, wenn es so gewesen wäre, die anderen Gründe außer Kraft gesetzt hätte.

Wohlstand bildete sich und als im Jahr 1878 die Weltausstellung in Paris stattfand, reiste Auguste mit seiner Frau wie Millionen andere auch in die Hauptstadt Frankreichs, um die modernen Wunder zu bestaunen.

Ein großes Staunen allerdings rankte sich um das geheimnisvolle Ausstellerland Japan, das sich erstmals in einem größeren Ausmaß europäischen Besuchern präsentierte. Ein Japanboom breitete sich in den bürgerlichen Kreisen Europas aus. Um seine

Frau an dem modernen Chic des traditionellen Japan teilnehmen zu lassen, schenkte Auguste ihr zu ihrem 33. Geburtstag einen Kimono.

Natürlich keinen echten aus dem Land, in dem die Kaiser Nachkömmlinge des Sonnengottes sind, sondern er ließ einen von seinem Schneider kopieren.

Rosenfarbene Seide, pflaumenblau abgesetzt.

Jetzt, an ihrem Hochzeitstag, trug sie ihn, saß ihm gegenüber, die Hände locker im Schoß gefaltet.

Die Art, wie sie aufrecht und anmutig saß, wie sein Geschenk sie umhüllte, mit welcher Selbstverständlichkeit sie es ausfüllte, warf ein Streiflicht auf ihr Wesen, vor dessen Helligkeit er geblendet die Augen schloss.

Sachte stellte er seine Teeschale auf den Tisch zwischen ihnen.

Avril bewegte sich vor, sie erneut zu füllen. Wie sie ihren Nacken neigte, die Arme streckte, zeigte sie tatsächlich japanische Anmut und Gemessenheit in ihren Bewegungen.

Sie bewegte sich so vorsichtig, um das kostbare Gefühl der sie umgleitenden Seide nicht zu verlieren. Obwohl sie unter dem Kimono ihr schlichtes Tageskleid trug, gab ihr das raschelnde Gleiten der Kimonoseide eine erregende Wahrnehmung ihrer Haut, die sie mit keinem außer ihrem Mann hätte teilen wollen.

Teils aus Bequemlichkeit, teils aus Scham.

Auch hatte sie nicht das Bedürfnis danach, was, wenn es so gewesen wäre, die anderen Gründe sicher nichtig gemacht hätte.

Sie betrachtete ihren Mann, seinen gesenkten Kopf, und mit einer runden, geschmeidigen Bewegung hätte sie ihn an ihre Brust ziehen mögen.

Aber sie tat nichts, atmete den Duft des grünen Tees, und die Uhr tickte ungehört.

Wie zwei glattfellige Tiere, die vorher stürmisch umhergetollt waren, und jetzt, wie schnobernde Pferde Hals auf Hals bewegungslos standen, saßen sie da.

Der gelbe Lichtkreis der Tischlampe bildete die Schnittfläche ihrer Schatten.

In den aufsteigenden Duft des grünen Tees mischte sich die Erkenntnis ihrer gegenseitigen Liebe.

Die Zerstörung der Schönheit, Aquarell 2011

Der Milchtrinker

࿇

Walter war das vierte Kind. Sein Bruder Gotthold war der Älteste. Die beiden Schwestern, Hanne und Lene, nur ein Jahr auseinander, ähnelten einander wie Zwillinge.

Walter konnte sich nicht daran erinnern, von seiner Mutter jemals die Nahrung bekommen zu haben, die das jüngste Kind erhielt. Klein, aber mit runden rosigen Bäckchen saugte es an der Mutterbrust. Lag dann in der Wiege, mit feucht glänzendem, noch leicht nachschmatzendem Mund.

Die Monate vergingen, die Erntezeit kam, die Mutter musste zur Feldarbeit. Das Kind wurde nicht mehr gestillt. Es lag in der Wiege, erhielt eine warme, bis an den Rand gefüllte Milchflasche in die beiden Hände gedrückt und saugte sich voll. Es schmatzte dabei, und ab und zu ließ es die Flasche sinken, um sie dann wieder hochzustemmen. Milch und Speichelfäden liefen über das Kinn.

Walter saß am Tisch und kratzte Rechenaufgaben auf seine Schiefertafel, über die quer ein dicker Riss lief. Deswegen hatte er heute erst von seiner Lehrerin und dann von seiner Mutter eine Ohrfeige erhalten. Die vom Vater stand noch aus.

Walter beobachtete das trinkende Kind. Er stand auf und ging zur Wiege. Das Kind hörte nicht auf zu saugen. Walter griff die dreiviertelvolle Flasche und sog an dem fleischfarbenen Gumminuckel süße warme Milch heraus. Das Kind war zu verdutzt, um zu weinen. Walter legte ihm die leere Flasche in die Hände.

Er räumte die Schiefertafel in den Schulranzen und ging zum Schuppen, um von dem dort aufgestapelten Holz Brennholz für den Küchenherd zu spalten.

Als er in die Küche zurückkam, lobte ihn seine Mutter.

Sie hielt das quengelnde Kind im Arm, in der anderen Hand die leere Flasche.

Später bekam das immer lauter schreiende Kind einen in Branntwein und Zucker getauchten Stoffnuckel in den Mund gesteckt. Da war es still.

Von diesem Tage an stahl Walter, so oft er konnte, dem Kind die Flasche und trank sie aus.

Das Kind magerte ab.

Der Vater fuhr mit der Mutter und dem Kind zum Arzt in die Stadt. Der verschrieb dem Kind Medizin in einer leberbraunen Flasche, die löffelweise der Milch beigegeben wurde.

Die Medizin verbesserte den Geschmack der Milch nicht, fand Walter, aber er trank sie weiterhin aus.

Je dünner das Kind wurde, umso ruhiger wurde es. Der Stoffnuckel mit Branntwein und Zucker schien ihm zu reichen. Eine Tante wollte ihm Gemüsebrei geben. Dies spuckte es aus.

In der Erntezeit halfen alle auf dem Feld. Walter musste die Körbe mit Essen und die Kannen mit Malzkaffee zum Feld schleppen, vorher sollte er dem Kind die vorbereiteten Milchflaschen geben. Seine Schwestern leisteten schon harte Feldarbeit. Noch nicht in der Pubertät, die langen Röcke in der Unterwäsche festgeklemmt, arbeiteten sie nebeneinander. Mit gleichen

Bewegungen, wie Zwillinge. Der große Bruder, schon vierzehn, stand neben dem Vater. Ganz weit entfernt.

Walter trank die süße Milch des Kindes. Sie schmeckte ihm schon längst nicht mehr. Er trank sie mit gerunzelter Stirn, die Augen blickten stumpf vor sich hin, niemals sah er das Kind an.

Wenn abends die Mutter dem Kind die Flasche geben wollte, spuckte es den Gumminuckel friedlich und nachdrücklich immer wieder aus. Nur den Branntwein – Zucker – Nuckel akzeptierte es.

Der August wurde heiß. Das Kind schrumpfte ein. Es starb. Die Mutter weinte. Nicht lange. Zu vielen Tränen war keine Zeit.

Viele Menschen hungerten, kamen aufs Land, wollten Brot, Eier, Speck und Kartoffeln. Der Vater wollte kein Geld mehr, ein Brot kostete Milliarden. Einmal akzeptierte er für zehn Eier ein Jagdgewehr mit Silberbeschlägen, obwohl er nicht schießen konnte und durfte. Stolz hing es in der Stube, über der Kommode mit dem Hochzeitsfoto.

Die Familie musste nicht hungern, aber sie hatten keine neuen Schuhe, keine Kleider für die Schwestern, die für die Kittelschürzen zu groß und zu breit wurden.

Nach knapp zwei Jahren war ein neues Kind da.

Walter war jetzt acht. Dicklich und träge in seinen Bewegungen, geistig wie körperlich.

Als das neue Kind nicht mehr von der Mutter gestillt werden konnte, bekam es wieder die Flasche in die Hände gelegt.

Da war das Kind sieben Monate alt und es war November. Es war für Walter nicht leicht, dem Kind die Flasche zu stehlen, denn in den Wintermonaten war immer jemand in der Küche. Aber der Vater ging mit dem ältesten Bruder in die Wirtschaft, um sich über Politik zu ereifern. Beide waren glühende Anhänger einer neuen nationalen Partei. Gotthold ließ sich sogar einen geraden Oberlippenbart stehen, wie deren Führer.

Die Schwestern, Hanne und Lene, gingen abends in die Spinnstube, um mit Gleichaltrigen herumzualbern. Sie saßen nebeneinander, hielten sich die Oberarme und kicherten in der gleichen Tonlage.

In der Adventszeit nahm die Mutter eine Stelle als Aushilfe in einem Stadthaushalt an.

Walter war mit dem Kind allein.

Er trank die Milch aus, aber dieses Kind schrie. Es schrie Tag und Nacht. Die Mutter erhöhte die Branntweindosis für den Nuckel. Da war auch dieses Kind still. Es bekam Husten.

Walter trank weiter die Milch des Kindes. Der Vater mochte das schreiende Kind nicht. Es kam ins Krankenhaus und starb dort Ende Februar.

Die Mutter weinte nicht. Es kamen keine neuen Kinder mehr.

Die Mutter arbeitete jetzt ständig in dem Stadthaushalt als Putzfrau.

Walter wurde breit und blieb faul. Auf seinen Wangen lag ein sattes Glänzen.

Eines Abends betrachtete ihn die Mutter, wie er seinen Milchbrei schaufelte, betrachtete das breite, glänzende Gesicht und sagte zum Vater: „Der Junge taugt nichts für den Hof!"

Dem Vater war's egal, er hatte seinen Sohn Gotthold. Der war eins mit der Landwirtschaft. Die Mädchen heirateten in Nachbarhöfe.

Walter ging zur Bahn. Er überstand die Lehre und den Krieg. Mit achtundzwanzig heiratete er eine sieben Jahre ältere kinderlose Kriegswitwe. Das Hochzeitsfoto auf der Kommode in der guten Stube zeigte eine vertrocknete Frau mit einem breiten Burschen, in dessen stumpfen Gesicht die Backen wie lackiert leuchteten.

Walter heiratete die Witwe aus zwei Gründen. Sie war in zehnjähriger Ehe kinderlos geblieben, er wollte keine Kinder, und sie besaß ein schmalbrüstiges Mietshaus in der Stadt.

Walter arbeitete am Fahrkartenschalter der Bahn. Er hing an seinem gläsernen Käfig und bediente seine Kunden mürrisch. Nie sah er einem in die Augen.

Die Ehe blieb kinderlos.

Seine Frau starb mit neunundsechzig Jahren, ausgemergelt, mit einem farblosen, zu einem Strich zusammengezogenen Mund, an Unterleibskrebs. Da gehörte das Haus ihm alleine.

Walters Schwestern kochten für ihn und machten seine Wäsche. Als sie zu alt wurden, verkaufte er das Haus und zog in ein Seniorenheim.

Wenn er seine Kontoauszüge betrachtete, glänzen seine immer noch breiten Backen wie rohe Speckschwarte.

Walter ist jetzt fast achtzig Jahre alt. Neunzehnhundertzweiundzwanzig geboren.

Das Seniorenheim gefällt ihm gut. Besonders die bettlägerigen Bewohner. Er schlurft durch die Gänge mit breitem Gesicht und beuteligem Hintern. Seinen Stock mit Gummiende hört man kaum. Gern geht er in die Zimmer von den Alten, Uralten. Von denen, die da liegen, auf dem Rücken, mit einer Nase, die spitz aus dem Gesicht ragt.

Er klaut ihnen die Essensportionen, sofern sie nicht gefüttert werden, wühlt im Nachttisch nach von den Angehörigen mitgebrachter Schokolade, trinkt am Bett stehend aus ihren Saftflaschen.

Manchmal beobachten ihn ihre müden Augen bei seinem Tun. Walter sieht keinen von ihnen an.

Ab und zu erwischen ihn die Schwestern und stellen ihn zur Rede, dann beben seine dicken Backen und er rechtfertigt sich weinerlich: ihm bringt keiner etwas mit! Seine Schwestern sind tot, deren Kinder besuchen ihn nicht.

Walter bleibt gierig und schluckt alles. Erst wenn er stirbt, werden seine von dem breiten Schein zusammengehaltenen Backen auseinanderfallen und die Knochen seines Skeletts enthüllen.

Auf der Burg

ര

„Wie wäre es mit der Entenbrust?“

Seine sachliche Gesprächseröffnung ärgerte sie.

„Nein, danke!“

„Das hast Du doch immer so gern gegessen.“

„Die Zeiten ändern sich, wie Du wohl weißt.“

Er entgegnete nichts.

Wiederum ärgerte sie sich, schließlich hatten sie sich verabredet, um sich auszusprechen.

„Ich nehme den angemachten Camembert. Mit extra viel Zwiebeln!“ verkündete sie dem Kellner, der ihre Bestellung gleichmütig notierte.

„Du sollst mich noch zu spüren bekommen“, dachte sie mit dieser jäh aufflackernden Wut, die sie in den letzten drei Tagen abwechselnd mit heller Verzweiflung gespürt hatte.

„Also, ich nehme die Entenbrust“.

Reinhards ruhige Stimme stachelte sie noch mehr auf. Das Gefühl der Ohnmacht, ihre Emotionen in den Griff zu bekommen, mündete in purer Angriffslust.

„Du stehst zur Zeit bestimmt nicht nur auf Brust, sondern auch auf Keule und diverse andere Dinge!“

Immerhin, er senkte den Kopf.

„Klara, lass` uns doch in Ruhe alles besprechen. Ich zumindest bin hier ...“, er stockte.

Der Kellner servierte die Getränke, zündete dann das auf jedem Terrassentisch stehende Windlicht an.

Obwohl hier oben ein stetiger Wind ging, war es sehr warm. Mehrere Ausflüglergruppen saßen an zusammengeschobenen Tischen, schwenkten Wein-, Bier- und Schorlegläser und lärmten glückselig über den bestandenen Aufstieg.

Klara blickte auf den Parkplatz, der direkt gegenüber der Terrasse lag. Es standen nur eine Handvoll Autos da, die meisten der Gäste waren an diesem strahlenden Julisonntag zur Burg heraufgewandert. Ihr alter dunkelblauer Kombi stand neben Reinhards silberfarbener Limousine. Die durch die Kastanienbäume in den Burghof hereinscheinenden Sonnenstrahlen ließen den BMW förmlich funkeln.

„Arschloch!“ dachte sie.

Am liebsten hätte sie ihm ihre Weißweinschorle ins Gesicht geschüttet, in sein gebräuntes Gesicht, das unter fremder Sonne diese goldfarbene Tönung angenommen hatte, die ihm so gut stand.

Sie stand auf und ging zur Steinbrüstung, die rund um die Burganlage lief. Direkt unterhalb der Burg standen Privathäuser, denen man schräg in die Fenster und die Gärten schauen konnte. Weiter unten lief die Hauptstrasse des Ortes, am Berghang zogen sich die Wohnhäuser bis fast zur Landstrasse hinunter. Hinter der nächsten Ortschaft sah sie die Gebäude ihrer Heimatstadt, versuchte sich anhand der Kirchtürme zu orientieren.

„Da ungefähr wohnen wir“, dachte sie, „oder genauer formuliert, im Moment nur Reinhard und die Kinder.“

Sie blickte zu ihm, der zwei Tische von der Brüstung entfernt saß, und registrierte, dass er ganz aufmerksam zu ihr sah. Knirschend ging sie durch den Kies zurück.

„Das Essen ist da!"

„Warum hast Du nicht gerufen?"

„Du wirktest so in Gedanken versunken."

„Es ist ein schöner Blick von hier oben über das Land bis hin zur Stadt. Wir waren schon lange nicht mehr hier. Warum eigentlich?"

„Was warum?"

Sie blickte auf ihren mit Paprika bestäubten Camembert, legte mit der Gabel die Zwiebelwürfel zu einer Spirale. Ihre linke Hand hing unter dem Tisch. Sie hatte das Gefühl, sie nie mehr heben zu können.

„Warum? Warum musste ich so einen Anruf bekommen? Warum musste ich solche Dinge hören? Warum musstest Du sie mir bestätigen? Warum?"

Reinhard schob den Teller mit der Entenbrust beiseite, griff sich seine Zigarettenschachtel.

„Und warum", er stieß den Rauch aus, „bist Du gleich verschwunden? Und wohin, wenn ich fragen darf?"

„Frau Sonneborn weiß, wo ich bin", sagte sie müde.

„Und die Kinder?"

„Frau Sonneborn kümmert sich um die Kinder, das hat sie schließlich auch gemacht, wenn wir mal zusammen weggefahren sind. Erinnerst Du Dich noch? Und schließlich sind sie schon dreizehn und fünfzehn!"

Ihre Wut war zurückgekehrt.

„Mach Du mir auch noch Vorwürfe! Du machst Mist und mir machst Du Vorwürfe!"

„Ich mache Dir doch keine Vorwürfe. Ich habe mir Sorgen um Dich gemacht."

„Die hättest Du Dir vor Deiner Affäre machen müssen!"

„Wer hat Dir davon erzählt?"

Sie zögerte kurz. „Deine Kollegin, Frau Doktor Gärtner."

„Die Gärtner!"

Gedankenverloren schnipste Reinhard seine Zigarettenkippe über den Tisch.

„He!" Klara schnipste zurück.

„Entschuldige! Weißt Du eigentlich, wie oft die Gärtner mich angemacht hat? Wenn ich nur gewollt hätte ...", Reinhard schüttelte den Kopf, „ausgerechnet die!"

„Sie rief mich an, um es mir von Frau zu Frau zu erzählen, da wir uns ja schließlich auch privat kennen, undsoweiter, undsoweiter. Natürlich war sie hinter Dir her, ich bin ja nicht blind. Es muss sie total gewurmt haben, dass Du in der ungarischen Puszta eine andere Stute als sie bestiegen hast!"

„Klara!"

„Na ja, so heißt sie doch, Deine junge neue Mitarbeiterin, Cavallo, oder nicht!"

„Ja, Lorette ist Schweizerin."

„Muh!"

Klara kickte in den Kies, dass ihre Sandalette vom Fuß sprang. Reinhard bückte sich und hob sie auf.

„Neu?"

„Ja, gib sie her! Du fährst für eine Woche auf eine Tagung nach Ungarn, hast interessante Fachgespräche mit Kollegen, rufst abends Deine Volltrottelgattin an und vögelst danach eine Schweizer Kuh!"

Der muntere Ausflüglertisch nebenan war verstummt.

Eine Frau kicherte.

„Wir sind eine Unterhaltungsattraktion!“

„Ja, Du vor allem. Wie alt ist sie?“

„Lorette?“

„Ja!“, „Du Blödmann“, setzte sie in Gedanken hinzu.

„Zweiunddreißig“, Reinhard nahm seine Sonnenbrille ab und sah seiner Frau in die Augen, „aber“, er zögerte, „nimm das nicht zu ernst. Sie ist eigentlich überhaupt nicht attraktiver als Du.“

„Das *eigentlich* wirst Du mir noch büßen“, dachte sie und fühlte ihr Herz schwer und eckig in der Brust.

„Und Du bist einundfünfzig. Und ihr Chef!“

„Ja, ich mache mir da gar nichts vor. Das hat mich interessant für sie gemacht.“

Reinhards ernstes Gesicht weckte in ihr den Wunsch, kräftig hineinzuschlagen. Sie umklammerte ihr leeres Weinglas.

„Hat es nicht geschmeckt?“

Der Kellner stand am Tisch, wies auf die unberührten Teller.

„Doch, aber durch die Hitze ist uns der Appetit vergangen!“ Klara zwang sich zu einem Lächeln.

„Darf ich dann noch etwas zu trinken bringen?“

„Ja bitte! Noch mal das Gleiche, “ Reinhard sah Klara fragend an.

Sie verschränkte die Arme.

„Also, noch mal das Gleiche.“ Der Kellner räumte ab.

Die Menschen am Nebentisch schienen allerlei Lustiges erlebt zu haben. Eine Lachsalve folgte der anderen.

Klara hielt es nicht mehr aus.

Sie stand auf, stöckelte durch den Kies, strauchelte.

„Was ist bloß los, was ist bloß los, was mach` ich hier?“

Sie hielt sich an einem Gartenstuhl fest.

„Hast Du Dir wehgetan?“ Reinhard war ihr gefolgt.

„Fass mich nicht an!“

Außerhalb der Kiesbestreuung fand sie ihr Gleichgewicht wieder. Schweigend gingen sie unter den Kastanienbäumen des Innenhofs durch zur anderen Burgseite.

„Warum also, warum?“

Sie realisierte erst an Reinhards plötzlichem Innehalten, dass sie diese in ihrem Kopf kreisenden Worte ausgesprochen hatte.

Er stand da, mit hängenden Schultern und einem plötzlich alt gewordenen Gesicht. Blaue Leinenhose, weißes Polohemd, Sandalen ohne Socken. Ihr vertrauter Reinhard. Sie hasste ihn. Sie liebte ihn. Lichtsprenkel durch Kastanienblätter warfen Sonne und Schatten über seinen hageren Körper.

„Weißt Du, Klara. Es war so, ich wollte das nicht. Nie. Es hat sich einfach so ergeben. Ich war so weit weg von allem und sie wollte es so und dann wollte ich es auch. In diesen fünf Tagen war es auch so selbstverständlich. Und dann, als wir zurück waren und uns auf ihren Wunsch in ihrer Wohnung trafen, da …“, sein Gesicht lag jetzt völlig im Schatten.

„Ja?“ Klara stand ganz aufrecht, das Kinn gereckt, als blicke sie über ferne Höhenzüge.

„Sie hatte sich schön gemacht, Essen gekocht, Champagner kalt gestellt, rote Satinbettwäsche“, er verstummte.

„Ja, und weiter?“ Klara war ganz höflich, sie hatte das deutliche Gefühl, als wäre sie nicht vorhanden.

„Da kam ich mir vor, wie in einem Film. Candle-Light-Dinner und so …“.

Klara wunderte sich flüchtig, wie geläufig er diesen Begriff aussprach, aber sie äußerte nichts, wartete.

„Ja, also“, seine Stimme war rau, er räusperte sich, „ja also, da wurde mir klar, dass ich das alles nicht wollte.“

„Und was wolltest Du? Oder was willst Du?“ Ihre Stimme war immer noch höflich, fast unbeteiligt.

„Unsere Ehe! Dich! Unser Leben mit den Kindern. Das will ich und das wollte ich auch immer. Und ich kann nur sagen, verzeih mir!“

Klara bewegte sich jetzt über das Gras zur rückwärtigen Brüstung der Burganlage. Ihre hohen Absätze sanken tief ein. Sie hatte das Gefühl, als müsse sie bei jedem Schritt ihre Beine erst mühsam hochziehen.

„Wie ein Storch“, dachte sie und stützte sich auf der Mauerbrüstung ab. Eindeutig war hier die schönere Seite der Burganlage. Der Berg senkte sich unbebaut, bewaldet, bis hinunter zu einer Landstrassenkreuzung, die von jeder Richtung aus von bunten Feldern umsäumt war. Gelbe Felder, lila Felder, grüne Felder. Verschieden große Nahrungsteppiche sahen aus dieser Höhe wie ein Puzzle aus. Im Westen blinkte hinter einer Baumgruppe ein See, oval wie ein Auge.

Plötzlich wurde ihr bewusst, dass es hier völlig windstill war, kein Verkehrslärm drang zu ihnen hoch. Auf der Landstrassenkreuzung blinkten zwei Feuerwehrautos. Rot und blank wie Spielzeugautos. Ein Polizeiwagen setzte den grünen Akzent. Zwei Krankenwagen und drei ineinander verkeilte PKW komplettierten die Szene.

„Wie Legosteine“, dachte sie, und „wie sauber und ordentlich das alles von hier oben aussieht. Viel klarer als aus der Nähe“.

Sie spürte Reinhard neben sich. Und sie stach in den sie umgebenden Luftkokon: „Von jetzt ab fahre ich den BMW!“

Vernissage

Der Künstler ist aufgeregt. Es geht um seine Werke. Der Galerist ist aufgeregt. Es geht um sein Geld. Der Redner hält seine Laudatio, keiner hört länger als zwei Minuten zu. Ab und zu scharrt einer mit den Füssen, es wird gehustet.

Ansonsten herrscht höfliche Stille.

Peter betrachtete seine durch ihn herbeigerufene Schäfchenherde. Es war im Großen und Ganzen immer die gleiche Gesellschaft, die durch künstlerische Ereignisse zusammengetrieben wurde.

Das waren unter anderem Rechtsanwälte, Finanz- und Immobilienmakler. Inhaber von Berufen ohne jeden Glamour.

Paragraphen, Zahlen.

Peter gähnte dezent. Die wollten sich am Kunstbetrieb reiben, um ein paar Glanzpartikel abzubekommen und in Form von Kunstwerken nach Hause zu transportieren.

Peter mochte diese Berufsgruppen. Die kauften wenigstens. Wenn die Kritiken gut waren, kauften die. Die Kritiker waren auch eine Spezies für sich.

Was sie anging, hatte Peter immer das Gefühl, sie urteilten wie Menschen, die gerne vögeln wollen und nicht können, anderen aber ständig dabei zusehen.

Das musste ja zu Frustrationen führen.

In Bezug auf Peter hielten diese sich allerdings in Grenzen. Er war der Darling der mittelstädtischen Kunstszene, sowohl der Kritik als auch der Besucher.

Applaus schwoll auf.

Corinna, Peters Laudatorin und enge Freundin, ließ noch einmal ihr fransenbesetztes Cape um sich wirbeln, bevor sie ihre Manuskriptseiten ruckartig zusammenstieß.

Peter applaudierte ihr lautlos, indem er gemessen die Fingerinnenseiten auf und ab bewegte. Ihre Rede war wie immer zu lang gewesen. Sie liebte ihre Auftritte als Kunsthistorikerin, die sonst als Geschäftsführerin eines Schmuckgeschäftes nicht ausleben konnte und sie liebte ihre Interpretationen seiner Kunstobjekte. Auf seine Bilder, seine Zeichnungen, die Peter am meisten am Herzen lagen, ging sie immer nur flüchtig ein.

Seine Kunstobjekte formte er aus Zeitungspapier, umwickelte sie dann mit Kupferdraht. Er knüllte das Papier ganz fest zusammen, gab ihm mit Draht Form, ließ an beliebigen Stellen einzelne Worte aus Schlagzeilen heraustreten.

In den Scheiß konnte man alles hineininterpretieren.

Corinna und die Kritiker taten dies nach Kräften. Den Rückschluss der Interpretation auf sich selbst zogen sie aber nie.

Peter hatte sich eine milde Akzeptanz dieses Verhaltens auferlegt.

Früher hatte er mit Corinna darüber diskutiert. Sie schlug seine fröhliche Beurteilung der Papier-Objekte mit fachbezogener Fremdwortüberfrachtung, bis er sprachlos traurig aufgab.

Peters Zeichnungen, psychologisch subtile Anmerkungen zu sich und seiner Umwelt, drangen weder durch ihre expressive Aufgewühltheit noch durch die Coolness der Kritiker.

Corinna fand sie naiv.

Peter fand Corinna naiv.

Sie umstöckelte ihn, presste ihn an ihre üppigen Brüste, ließ ihre rote Mähne auf ihn herabrieseln.

Alle Frauen wurden in seiner Gesellschaft zu Walküren.

Zu Weibern.

Zur Verkörperung von Erotik.

Sie liebten ihn dafür.

Sie liebten seine knapp über 1,60 m gut proportionierte Gestalt, seine friedlichen Gesichtszüge, die Gemessenheit seiner Feststellungen.

Er liebte durchaus auch Frauen.

Peter war stockschwul.

Die Freundesclique von Corinna brach über ihn herein. Sie bestand hauptsächlich aus Lehrern, die selbst künstlerisch tätig waren, plus den dazu gehörigen Gattinnen im Sozialpädagoginnenschick, der nur noch von Psychologinnen getoppt wurde.

Schlamm- und Erdtöne in allen Variationen, dazu riesengroße Klunkerketten aus dem Esoterikladen. Die Kraft der Steine stand ihnen auf der Stirn geschrieben.

Peter bevorzugte Frauen in femininen statt in sackartigen Gewändern. Heute Abend schaffte es eine von den Kunststudentinnen in einem smaragdgrünen Wickelrock aus Seide und einem schwarzen Balletttop, seinen Blick zu fesseln.

Halt, wer stand da vor der Papierskulptur Nr. V?

Peter stellte sich auf die Fußspitzen, um über den ihn umringenden Freundeskreis hinwegzusehen. Ein neues Gesicht, ein gut aussehender Mann, so um die vierzig. Junge Gesichtszüge, graue Schläfen, elegantes Sakko, schwarzer Rollkragenpullover. Wer mochte ihn mitgebracht haben?

Im Moment unterhielt er sich mit Theo, dem Galeristen, der bei dem obligatorischen Prosecco sein bester Kunde war.

Peter liebte seine Gäste. Er hätte ihnen gern trockenen Champagner, frischgezapftes Pils oder kühles Quellwasser geboten, aber im Moment wollten alle Prosecco. Wenn lauwarmer Lakritzlikör Mode wäre, würden sie auch den trinken.

Peter rückte seine blauweißgetupfte Krawatte zurecht, schob sich unter verbindlichen Worten durch den Freundesring zu Theo hin. Der stand inzwischen allein, umarmte ihn, wollte ihm ein Zigarillo aufdrängen und behauptete, schon fünf Punkte geklebt zu haben.

Peter konnte nur zwei entdecken.

Sachte schob er Theos schwitzige Hand von seinem weißen Leinenanzug.

Wo war der Fremde? Er sah aus, ja wie sah er aus?

Wie ein Zahnarzt, ein Zahnarzt mit einem subtilen Bohrwerkzeug. Peter sah sich auf der Behandlungsliege, der Zahnarzt mit den markanten Gesichtszügen beugte sich über ihn. Kleine Gefühlsfische glitten zwischen seinen Wirbeln hin und her.

Peter streifte weiter, suchte, wurde von einem Künstlerpaar angesprochen und um eine Bildinterpretation gebeten. Er mochte die beiden. Sie waren um die sechzig, trugen immer schwarz und die gleiche Pagenkopffrisur. Seine war nur etwas kürzer. Er war Klarinettist, sie Lyrikerin.

Wenn Peter Ausstellungen nach eigenen Vorstellungen hätte gestalten können, dann hätten diese in hohen ruhigen Steinhallen stattgefunden, in denen die Besucher dazu angeleitet wurden, vor jedem Bild fünf bis zehn Minuten still zu verweilen.

Bilder sind dazu da, um angeschaut zu werden, Musik um gehört zu werden, Worte, um gelesen zu werden.

Die meisten Menschen fangen nach zwei Sekunden an zu reden, sie haben noch nichts gesehen, nichts gehört, nichts gelesen, aber sie müssen etwas von sich geben. Irritiert von diesem so oft beobachteten Phänomen seufzte Peter, strich sich mit seinem seidenen Taschentuch über die Stirn, wobei er dezent prüfte, ob seine Haare noch wie gewünscht saßen.

Der schöne Fremde stand jetzt mit einem jungen Mädchen vor einer Papierskulptur.

Peter beobachtete unauffällig.

Das musste seine Tochter sein, das junge Ding war höchstens vierzehn.

Peter wandte sich ab. Er war über seine letzte Liaison noch nicht hinweg, der Sommer in Griechenland hatte zu diversen Eifersuchtsszenen und einer schmerzhaften Trennung geführt.

Er bewegte sich jetzt von Grüppchen zu Grüppchen, warf hier und da ein Wort ein, horchte um sich.

Nachdem seine Werke höflichkeitshalber abgehakt waren, wurde geklatscht. Über den neuen Theaterintendanten, über den neuesten Seitensprung.

Professor Kallwein sprach ihn an, erzählte von seinem Dritthaus in der Toskana. Die Chefärzte waren eine Kategorie für sich. Die maßten sich an, über alles Bescheid zu wissen. Einmal Chefarzt, dann in jedem Bereich. Aber Peter verzieh Professor Kallwein sein Haus in der Toskana, denn er wollte dieses mit der teuersten Papierskulptur schmücken.

Schon war die Besuchermenge merklich gelichtet.

Corinna stürmte herbei, ermahnte ihn, sich für die Pressefotos nur im linken Profil aufnehmen zu lassen. Während sie sprach, warf sie unaufhörlich ihre Capeenden um die Schultern, von denen sie sofort wieder abglitten.

Peter nahm die Zipfel und knüpfte einen flachen Knoten. Währenddessen erkundigte er sich leise nach dem Fremden.

„Der? Das ist der neue Theaterintendant, kennst Du den noch nicht? Naja, Du warst so lange im Urlaub."

„Wie heißt er?"

„Heinzelmann, Dieter Heinzelmann. Er ist mit seiner Nichte hier."

Corinna wallte davon.

Peter sah ihr nach.

An der Ausgangstür traf sie auf den Theaterintendanten. Der trat höflich zurück, wandte den Kopf. Sein Blick traf mit dem Peters zusammen. Nur ein Augenblick, dann ging er hinaus.

„Heinzelmann!", dachte Peter, „das könnte was werden, Heinzelmännchen!"

In der Schlangengrube

ଓ

Endlich waren sie da. Sie hatten es geschafft. Ludmilla hatte seit Wochen von nichts anderem geredet. Die Show war alles, was sie sich im Moment für ihre Zukunft wünschte. Sonja beobachtete Ludmilla auf dem Monitor. Die vier Kandidatinnen führten nach orientalischer Musik einen Bauchtanz vor. Das Publikum sollte nach der Darbietung durch die Stärke des Beifalls über die beste Tanzvorführung entscheiden.

Ludmilla ließ die Hüften kreisen, schob den Bauch vor. Sie war die zierlichste der vier Teilnehmerinnen. Ihre Figur hatte sich durch die Schwangerschaft bis auf die jetzt deutlich hervortretende Achtmonatskugel nicht wesentlich verändert.

Bis zum fünften Monat hatte keiner gesehen, dass sie schwanger war.

Nur sie, Sonja; Ludmillas beste Freundin hatte davon gewusst. Und nur ihr hatte Ludmilla anvertraut, was sie sich für ihr Kind wünschte. Dass diese Vorstellung sich nicht mit Ludmillas realer Lebenssituation deckte, verwunderte Sonja nicht.

Die vier Showkandidatinnen saßen jetzt wieder auf ihren Stühlchen. Jede wurde von einer Hostess im pokurzen Krankenschwesterkittel umsorgt. Sie wischten den vier Schwangeren mit einem sterilen Mulltuch den Schweiß von der Stirn, maßen anschließend Blutdruck. Ein prominenter Frauenarzt, seitlich platziert, verfolgte mit verantwortungsvollem Blick das Geschehen.

Jetzt brandete Beifall auf.

Ludmilla strahlte in die Kamera. Der stärkste Applaus galt eindeutig ihr. Sie sagte etwas in ihr Mikrofon.

Sonja konnte Ludmillas Worte nicht verstehen, aber der Gesichtsausdruck vermittelte ihre Dankbarkeit. Sonja bewunderte dieses herzförmige Gesicht mit den mandelförmigen schmalen Augen. Ludmillas gelbtonige Haut war wie ein straffes Seidentuch über die hohen Wangenknochen gespannt.

Sie bewunderte ebenso Ludmillas rotzige Art, mit der sie, seitdem sie vierzehn war, Sex hatte, mit siebzehn schwanger wurde und jetzt, seit einer Woche volljährig, für eine goldene Zukunft ihres Kindes kämpfte. Bis jetzt hatte keiner Anstalten gemacht, mit ihr, Sonja, Sex haben zu wollen. Geliebtes und verwöhntes Einzelkind, war sie schon im Kindergartenalter dicker als die anderen gewesen. Heute senkte selbst ihr Vater, der sie vergötterte, verlegen die Augen, wenn sie in einen Raum wogte. Die Luft schien sich vor ihr zu teilen.

Sonjas Wünsche waren einfach.

Einmal die Beine übereinander schlagen zu können. Oder stehen, ohne dass die Arme henkelförmig abstanden. Alle ihre Wünsche verkörperten sich in Ludmillas feiner Gestalt.

Die in diesem Moment nicht zu sehen war. Die vier schwangeren Frauen waren in bodenlange Kittel gehüllt worden. Blitzende Servierwagen mit den verschiedensten Torten standen vor ihnen. Wer konnte die meisten Gebäckstücke verzehren? Die drei anderen Kandidatinnen sahen hoffnungsfroh zu Ludmilla.

Sonja hätte keinen Pfifferling auf jene gewettet. Zu oft hatte sie Ludmilla Unmengen von Nahrung verzehren und wieder erbrechen sehen. Seit der Schwangerschaft hatte Ludmilla dies nicht mehr getan. Sie wolle ein gesundes Kind, vertraute sie Sonja an. Ein Mädchen solle es werden und Regina Geraldine heißen.

In einem hatte sie schon Recht behalten. In ca. fünf Wochen würde sie ein Mädchen gebären. Auf die Namenswahl hätte sie allerdings, würde sie Showgewinnerin, keinen Einfluss mehr.

Die vier Kandidatinnen aßen, zweien von ihnen stand der Schweiß auf der Stirn.

Der Frauenarzt schritt ein.

Er verlangte eine Pause, verordnete allen vier Damen - Verbeugung in deren Richtung – einen ayurvedischen Tee.

Das Publikum applaudierte.

Ludmilla aß ungerührt weiter.

Während heftigster Familienzwistigkeiten, zwischen geleerten Wodkaflaschen und Ohrfeigen für Ludmillas Mutter, hatte Sonja schon oft diese Unantastbarkeit in Ludmillas Gesicht registriert. Am Anfang hatte Sonja richtig Angst vor Ludmillas Vater gehabt.

Ludmilla hatte gelacht. „Er ist ein Hund. Ein besoffener Hund!"

Tatsächlich zeigte er ab einem bestimmten Alkohollevel Merkmale eines täppischen Bernhardiners. Er schimpfte, fluchte, weinte abwechselnd, zog sein lahmes Bein durch die Wohnung und endete schnarchend im Schoß von Ludmillas Mutter.

Zu Sonjas Verwunderung schien diese ihren Mann zu lieben.

Ludmilla hatte ihr einmal das Hochzeitsfoto ihrer Eltern gezeigt. Die Mutter war eine gröbere Ausgabe ihrer bildhübschen Tochter, der Vater, zu Sonjas Verblüffung, ein gutaussehender Jüngling mit sensiblem Augenausdruck.

Er war bis zu seinem Unfall Traktorist in Kasachstan gewesen. Seit die Familie in Deutschland lebte, bezogen sie Hartz IV. Ludmillas älterer Bruder war schon lange ausgezogen. Er sorgte selbst für sich und seine Familie. Materiell ging es Ludmilla nicht schlecht. Sonja hatte es weh getan, dass ihre beste Freundin vor der mittleren Reife von der Schule ging und seitdem in einer Boutique jobbte. Aber niemand konnte Ludmilla von etwas abbringen, das sie sich in den Kopf gesetzt hatte. Als sie ihrer Mutter von den Zukunftsplänen für ihr ungeborenes Kind erzählte, hatte diese geweint, sie aber ziehen lassen. Ebenso wenig hätte Sonja Ludmilla dazu überreden können, von ihrer Idee abzulassen. Sie konnte ihr nur zur Seite stehen.

Ludmilla hatte ihre Tortenstücke mit Grazie verspeist. Sie drehte sich um ihre eigene Achse, machte mit beiden Händen das Victory-Zeichen. Das Publikum trampelte mit den Füßen. Jetzt kam die Mutprobe.

Darüber hatte es im Vorfeld der Sendung heftige Diskussionen in den Medien gegeben. Aber das anonyme Ehepaar hatte darauf bestanden.

Ihr Kind sollte ein mutiger, unabhängiger Mensch sein, hatten sie argumentiert, und die Anlagen dazu könne man am Verhalten der Mutter beurteilen.

Sonja griff sich eine Cola.

Falls Ludmilla auch diesen Durchgang gewänne, wäre sie eindeutige Siegerin.

In den ersten drei Wissensrunden hatte sie nur in der Rubrik „Mode und Models“ punkten können. „Politik“ und „Ernährung für Mutter und Kind“ waren die Domäne von Ludmillas schärfster Konkurrentin gewesen, einer schwarzhaarigen Endzwanzigerin mit Pferdezähnen.

Diese hatte auch in der Bauchtanzrunde nur knapp hinter Ludmilla gelegen.

Werbungspause!

Sonja ließ sich auf das Sofa zurücksinken.

Es erschöpfte sie, dem Kampf ihrer Freundin zuzusehen.

Um sich abzulenken, aß sie von den bereitgestellten Snacks, unterhielt sich flüchtig mit den anderen Begleitpersonen der Showteilnehmerinnen, einer Mutter und zwei potentiellen Kindervätern. Aber nur die jeweiligen Monitore vermochten die Aufmerksamkeit der Anwesenden auf Dauer zu fesseln.

Gott sei Dank, die Sendung ging weiter.

Jeder ging zu seinem Sofa, seinem Monitor, seiner Kandidatin, seiner Hoffnung.

Ein Terrarium mit zwanzig Vogelspinnen wurde auf die Bühne gebracht. Die Teilnehmerin, die am längsten ihre Hand in das Terrarium zu halten wagte, würde diese entscheidende Runde gewinnen. Ein Tierfilmer hielt einen Vortrag über die Lebensgewohnheiten der Spinnen. Der Frauenarzt ließ vier Krankenbetten plus zwei jeweils dazugehörige Sanitäter bereitstellen. Die Moderatorin, eine lächelnde blonde Enddreißigerin mit kalten Augen, wünschte den Kandidatinnen Glück.

Das schwarzhaarige Pferdegesicht trat vor, lächelte siegesgewiss in die Kamera, tauchte die rechte Hand in das Terrarium.

Im Studio herrschte Totenstille.

Da fiel sie um.

Es rumpelte dumpf, als sie auf dem Boden aufschlug.

Ein Aufschrei ging durch das Publikum.

Dem Frauenarzt verrutschten die blasierten Gesichtszüge zu einer hilflosen Grimasse, während er sich mühte, die schwangere Frau auf die Seite zu wälzen. Die Sanitäter schoben ihn beiseite, taten fachkundig ihre Arbeit. Die Moderatorin versuchte lächelnd die beiden anderen Schwangeren zu beruhigen, die sich schluchzend in den Armen lagen.

Wo war Ludmilla?

Sonja hatte es nicht mehr auf dem Sofa gehalten, sie stand mit dem Gesicht knapp vor ihrem Monitor, versuchte die wilden Schwenks der Kamera zu verfolgen und den Tumult hinter ihrem Rücken zu ignorieren. Herbeigeeilte Betreuer taten ihr Bestes, ihre Schnellkurse in Psychologie anzuwenden und die Angehörigen der schwangeren Frauen zu beruhigen.

Nein, sie konnten jetzt nicht auf die Bühne gehen.

Ja, sie konnten sowohl ärztlichen als auch rechtlichen Beistand haben, aber Vertrag ist Vertrag und den garantierten Teilnehmerbeitrag erhielten sie hundertprozentig.

Da, die Kamera zeigte Ludmilla in Großaufnahme. Sie stand neben dem Tierfilmer, lächelte ihre Mandelaugen schräg und streichelte mit der rechten Hand die größte der Vogelspinnen, die sie sich auf den linken hochgehaltenen Handrücken gesetzt hatte.

Das Publikum tobte.

Sonja stopfte die Daunendecke um Ludmilla fest. Lächelnd war diese aus der Stretchlimousine gestiegen, hatte sich lächelnd vor der Hotelsuite von ihren beiden Betreuern verabschiedet, um, kaum dass sich die Türe geschlossen hatte, ins Badezimmer zu stürzen und so lange zu kotzen, bis nur noch grüne Galle aus ihr herauskam. Sonja war es Angst und Bange um ihre totenblasse, unaufhörlich zitternde Freundin geworden.

Auch um das Kind machte sie sich Sorgen. Ihren ruhigen Vorschlag, einen Arzt zu holen, wischte Ludmilla mit einem wilden Blick und der Begründung weg, sich nicht unter Drogen setzen lassen zu wollen.

Die drei anderen Schwangeren hatten von dem prominenten Frauenarzt Beruhigungsspritzen erhalten.

In zwei Stunden stand die Vertragsunterzeichnung zwischen Ludmilla und dem Rechtsbeistand des millionenschweren, bisher kinderlosen, Ehepaars, an. Danach würde sie die Zeit bis zur Entbindung in einer sündteuren, geheim gehaltenen Privatklinik verbringen. Nach der Geburt und der sofort danach zu erfolgenden Übergabe des Kindes an das adoptierende Paar hatte Ludmilla noch Anrecht auf einen sechswöchigen Erholungsurlaub an einem Ort ihrer Wahl. Weitere Abfindungszahlungen an sie waren rechtlich nicht zulässig, aber diskret war ihr zu verstehen gegeben worden, dass das Ehepaar sich unter der Hand schon dankbar erweisen würde.

Sonja betrachtete Ludmillas ganz klein gewordenes Gesicht. Sie hatte die Augen geschlossen. Lag reglos mit längs neben den Körper ausgestreckten Armen auf dem Rücken, schien zu schlafen. Nur die Babykugel ragte an ihr hervor. Sonja schien es, als ob sich das Kind bewegte. Sachte legte sie Ludmilla die Hand auf den Bauch, da öffnete diese die Augen.

Die Anstrengungen der letzten Stunden schienen die Farbe aus ihnen herausgesogen zu haben. Ihre haselnussbraunen Augen wirkten plötzlich durchsichtig grün.

„Sie hat sich bewegt", flüsterte sie, „während der ganzen Sendung hat sie keinen Mucks von sich gegeben."

Sie strich sich über den Bauch. „Braves Mädchen!" hauchte Ludmilla ihrer Tochter zu.

Dann sah sie Sonja in die Augen.

„Was würde wohl ihr Vater dazu sagen?"

Sonja verschlug es vor Verblüffung den Atem. Sie fing an zu husten.

Ludmilla betrachtete sie. Eine Spur von Lächeln stand in ihren Mundwinkeln.

„Wenn der wüsste!"

„Na, von der Schwangerschaft wusste er schon, und von dem Rest wird er auch erfahren, außer er ist blind und taub", versetzte Sonja trocken.

„Ja, aber wir beide wissen nicht, wo er ist", sagte Ludmilla fast heiter, die Grübchen in ihrem seidenglatten Gesicht vertieften sich.

Sonja wusste intuitiv, dass sie von sich und ihrem Kind gesprochen hatte.

Sie sagte nichts.

Ludmilla blickte vor sich hin, ihre rechte Hand streichelte unaufhörlich ihren Bauch.

„Du weißt ja, wie lieb Stephan immer gewesen ist."

„Ja, ich weiß, wie lieb er dich im Stich gelassen hat", schnaufte Sonja.

Nachdem Ludmilla Stephan von der feststehenden Schwangerschaft informiert hatte, hatte sich dieser noch einmal mit ihr getroffen, um ihr einen Beratungstermin bei einem Psychologen in einem Familienbildungszentrum mitzuteilen.

„Danach dürfte einem Schwangerschaftsabbruch nichts mehr im Wege stehen", hatte er gesagt und fest Ludmillas Hand gedrückt.

Sie teilte ihm mit, dass sie ihr Kind auf keinen Fall abtreiben lassen würde.

Er teilte ihr mit, dass ein Kind ihn auf keinen Fall in seinem Psychologiestudium behindern dürfe. Danach änderte er seine Handynummer. Zwei Wochen später war er aus seiner WG unbekannt verzogen.

Ludmilla lächelte immer noch.

„Ob sie wohl Stephans blonde Haare bekommen wird?"

Es klopfte.

Ludmilla fuhr hoch.

„Hier darf keiner rein!" flüsterte sie.

„Sag ihnen, ich schlafe noch!"

Sonja verhandelte mit den Betreuern an der Hoteltür um eine Viertelstunde Aufschub. Danach musste Ludmilla den Rechtstermin wahrnehmen, wurde gemahnt.

Sonja ging zu Ludmilla zurück, die sich inzwischen hingesetzt hatte. Sonja klopfte ihr ein Kissen zurecht, stopfte es hinter ihren Rücken. Sie bemerkte, dass Ludmillas Gesicht wieder Farbe zeigte.

„Weißt Du, Sonja", sagte sie und saugte an dem Strohhalm in ihrer Cola, die ihr Sonja vor dem Zusammenbruch hingestellt hatte, „poppen ist eine Sache. Ein Kind aufziehen eine ganz andere. Ich glaube, das könnte ich auch alleine."

Sie lachte ihr gewohntes rotziges Lachen.

Sonja stand der Mund offen.

"Was meinst Du, glaubst Du ich könnte die mittlere Reife nachholen? Würden Deine Eltern erlauben, wenn ich eine Zeit lang bei Euch wohnen würde?"

Sonja nickte.

„Oder vielleicht gehe ich in dieses Mutter- und Kind – Heim, was mir die Jugendamttante empfohlen hat. Oder, ach ich weiß noch nicht, was ich tue. Ich weiß nur, was ich nicht tun werde!"

Die beiden Freundinnen sahen sich in die Augen.

Es klopfte, diesmal fordernder als beim ersten Mal.

„Lass sie nicht herein!“ flüsterte Ludmilla.

Sonja ging zur Tür; drehte den Schlüssel zweimal herum.

Während mehrere Personen an die Tür klopften, gleichzeitig baten und drohten, das Telefon ununterbrochen klingelte, lagen sich Ludmilla und Sonja in den Armen und ihre Tränen vermischten sich.

Freizeitvergnügen

„Schatz, hast Du schon Pläne für das Wochenende?“

Er blickte hoch. „Was machen die Kinder?“

„Die sind übers Wochenende bei Marvin und Lisa.“

„Kenne ich nicht, kennst Du die?“

Sie machte eine unbestimmte Geste. „Ach, Kinder aus dem Kindergarten.“

„Ja, aber“, er war beharrlich, erfüllte seine Pflicht als Vater, „kennst Du die Eltern?“

„Der Vater ist Rechtsanwalt, die Mutter Kieferorthopädin.“

„Ja, dann“, er wedelte mit einem bunten Papier, „wie wäre es mit einem Vierundzwanzigstunden-Trip nach Mallorca? Hör zu! Wir werden eine Menge Spaß haben!“ Er las vor und begeisterte. Sie flogen nach Mallorca.

„Schatz, was machen wir am Wochenende?“

„Was haben die Kinder vor?“

„Die sind zuhause.“

„Was ist mit Marvin und Lisa?“

„Die sind mit ihren Eltern eine Woche in die Dom. Rep.!“

Er vermeinte einen leisen Vorwurf zu hören und sprach betont munter weiter.

„Also, dann fahren wir mit Kevin und Ramona in irgendeinen Freizeitpark, Fantasialand oder so! Das Wetter ist ja noch schön."

Sie seufzte. „Die lange Anfahrt", gab sie zu bedenken.

„Ach was", seine Hand wischte ihre Besorgnis fort, „wir werden in einem schicken Hotel übernachten. Die Kinder und Du sollen einmal richtig Spaß haben!"

Sie liebte ihn.

„Schatz, haben wir am Wochenende etwas vor?"

Er öffnete die Augen. „Wegfahren ist im Moment nicht drin. Die Auftragslage ist eher beschissen."

„Kevin und Ramona sind zuhause. Wir müssen etwas unternehmen!"

„Wir könnten Marvin und Lisa zu uns einladen und Videofilme ausleihen."

„Marvin und Lisa sind nicht mehr aktuell, außerdem sind sie mit ihren Eltern zu einem Kurztrip nach Kopenhagen geflogen!"

Ihre Stimme klang etwas schrill, er musste schnell reagieren. „Wir gehen endlich mal wieder ausgiebig ins Fitness-Studio, dort gibt es doch eine Kinderbetreuung."

Ihre Stimme wurde noch schriller. „Du weißt, wie ich es hasse, zwischen all den Waschbrettbäuchen herumzuschwabbeln! Hättest Du zwei Kinder bekommen, wärst Du nicht so unsensibel!"

Die Ungerechtigkeit dieses Vorwurfs ließ ihn unvorsichtig werden.

„Warum, zum Teufel, zahlen wir dann diesen scheißhohen Jahresbeitrag?"

„Jeder ist Mitglied in einem Fitness-Studio!“

In die Unwiderlegbarkeit dieses Arguments klingelte das Telefon.

Der Anrufbeantworter gab seine coole Auskunft und sie warteten, wer sich meldete.

„Es sind Deine Eltern, sie bitten um Rückruf“, sagte er voller Erleichterung.

Sie nahm das vor ihr liegende Telefon auf und die Herausforderung an.

„Deine Eltern haben letzten Monat zweimal angerufen!“ Sie betonte jede Silbe mit einem energischen Tipp auf der Telefontastatur.

Während des Gesprächs mit ihrer Mutter verzog er sich zu den Kindern und deren Computerspielen. Er hasste den mädchenhaften Tonfall, den sie im Beisein ihrer Eltern anschlug.

Das Telefonat war erstaunlich kurz.

Nach knappen fünf Minuten stand sie mit geröteten Wangenknochen und glitzernden Augen in der Tür.

„Hört mal Kinder“, sagte sie mit hoher, etwas schwankender Stimme, „am Wochenende fahren wir zu Oma und Opa. Opa liegt im Krankenhaus und Oma braucht uns. Sie schickt uns auch das Fahrgeld, damit wir bequem mit dem Zug fahren können. Ach, meine Süßen“, sie nahm ihre Kinder in den Arm, „wir werden viel Spaß haben!“

Squash

Sebastian Müller-Pfeif geht den Flur der siebenundzwanzigsten Etage des Bürohauses entlang. Seine Hosenbeine wehen ihn seinem bis jetzt größten beruflichen Erfolg entgegen. An dem Konzept, das er gleich einem Gremium vorstellen wird, hatte er wochenlang gearbeitet. Noch gestern Abend hatte er es mit den neuesten Daten ergänzt. Die Stelle als Leiter des US-Außenressorts wäre DIE Möglichkeit, den Sprung in hohe berufliche und finanzielle Sphären zu schaffen. Dass er sich dort geschäftig und geschäftlich tummeln wollte, war ihm schon als fünfzehnjähriger Schüler klar gewesen.

Sein BWL-Studium hatte er mit Auszeichnung abgeschlossen. Trotz seines intensiven Ehrgeizes hatte er in dieser Zeit die Grundlage für seine einzige Freundschaft gelegt, die ihn bis jetzt treu begleitete.

Die innige Bewunderung für die funkelnde Präsenz des analytischen Denkens seines damaligen Mitstudenten und jetzigen Kollegen war bis heute vorhanden.

Ihre freundschaftliche Konkurrenz lebten sie in zweimaligen wöchentlichen Squashkämpfen aus.

Beiden war klar, dass es um mehr als ein sportliches Austragen ging.

Unter Larven die einzigen potentiellen Schmetterlinge zu sein, hatte sie im Studium zusammen geschweißt. So war es natürlich, dass die einzigen potenten Bewerber auf diese leitende Stelle nur sie beide sein konnten.

Sebastian war gewöhnt, Freundschaft und Konkurrenz als zusammengehörig zu betrachten.

Nach der sportlichen Auseinandersetzung pflegten sie eine philosophische Bestätigung ihrer Besonderheit anzuhängen.

Schwarz und Weiß, Yin und Yang, Gut und Böse!

Was die meisten Menschen trennte, war bei ihnen beiden, Basti und Berti, kraft ihrer geistigen Überlegenheit eine Einheit. Sie waren nicht unbeliebt, sahen aber in keinem anderen Menschen die Bestätigung ihrer Einmaligkeit, die sie sich im Doppelspiegel ihrer Freundschaft gegenseitig zeigten. Nie funkelte der Spiegel so kristallklar, wie nach knappem Sieg oder Verlust der Squashkämpfe.

Sebastian Müller-Pfeif grüßt Kollegen. Er nähert sich seinem Ziel. Seine Hosenbeine wehen nur noch lau. Durch Räuspern versucht er, dem unangenehmen Fühlen des eigenen Kehlkopfs Herr zu werden. Nach der Flurbiegung sieht er das Büro seines Freundes Berti. Schon will er an diesem vorbeieilen, da bemerkt er aus den Augenwinkeln, dass die Tür einen Spalt offen steht.

Er klopft.

Keine Antwort.

Basti steckt seinen Kopf durch die Tür.

Dr. Bertold Stapf ist nicht in seinem Zimmer.

Jedes Mal, wenn Basti an seine eigene liegengebliebene Promotion dachte, spürte er in sich eine Wut hochsteigen, von der er nicht wusste, ob sie dem Erfolg seines Freundes oder seinem eigenen Versagen galt.

Sebastian schluckt. In zehn Minuten ist der Vorstellungstermin für sein Projekt. Bertolds Darlegung ist zwei Stunden später angesetzt. Sebastians Blick saugt sich an Bertolds Rechner fest. Er sieht sofort, dass sein Freund vergessen hat, ihn zu sperren. Er kennt seinen Freund. Berti wird bis zur letzten Minute an seinem Paper feilen. Wahrscheinlich war er jetzt zwei Etagen tiefer, um Kaffee zu holen.

Sebastians linke Hand presst seine Konzeptmappe fest gegen die Brust. Seine rechte Hand nimmt Bertis Maus. Er macht den Explorer auf. Sieht sofort den Ordner mit dem Namen des bewussten Projekts. Er klickt sich in den Ordner. Datenreihen erscheinen. Sebastian liest sie, ohne sie zu verstehen. Gleichzeitig brennen sie sich in sein Gehirn. Er überlässt sich einer auf Hochglanz polierten Erregung.

Sebastian geht wieder eine Ebene zurück und löscht den Ordner. Überprüft, ob die Daten auf der Diskette abgespeichert sind und löscht auch diese. Dann leert er, flutsch, noch schnell den Papierkorb auf der Windowsoberfläche und geht zur Startseite zurück.

Als er sich wieder auf dem Flur befindet, merkt er, dass die Finger seiner linken Hand wie Klauen in sein Konzeptheft geschlagen sind. Er stolpert in das Herren-WC. Die Konzeptmappe rutscht ihm aus der Hand.

Er achtet nicht darauf.

Mit beiden Händen hält er sich am Waschbecken fest. In seinem weißen Gesicht stechen die Nasenlöcher gerötet hervor. Vorsichtig betupft er sie mit einem feuchten Papiertuch. Der Toilettenspiegel zeigt ihm blinde Flecken und ein verzerrtes Gesicht. Der Gedanke, dass ein Kollege hereinkommen und seinen Zustand sehen könnte, bringt ihn dazu, sich kaltes Wasser über die Handgelenke laufen zu lassen. Er kämmt sich auch die Haare. Sebastian wünscht sich, mit seinem Freund Berti reden zu können.

Er weiß einfach nicht, wie das passieren konnte.

Er weiß nur, dass er jetzt sein Konzept vortragen wird.

Mit einem letzten Blick in den Spiegel rückt Sebastian Müller-Pfeif seine weinrote Krawatte zurecht. Dr. Bertold Stapf hätte schließlich auch besser aufpassen können.

Champignons Royals

Friedrich beobachtete das Paar schon seit einigen Wochen. Der Mann wäre ihm gar nicht aufgefallen. Ein Typ wie viele andere auch. Aber die junge Frau!

Üppige braunschwarze Haare, üppige Figur - und erst das Gesicht! Rund, mit großen hellbraunen Augen in einem sahneweißen Gesicht. Wie eine Mokkatorte. Der saftige rote Schmollmund war die Maraschinokirsche obenauf.

„Kräuterrahmchampignons und die große Salatplatte."

SIE bestellte immer etwas anderes, ihr Freund bestellte immer Salatplatte. Nichts gegen Salat. Friedrich war mit Recht stolz auf seine Variationen. Sonnenblumengelbe, orangerote, lilafarbene Früchte und Gemüse auf moos-, mai-, olivgrünem Salatbett. Hummerfarbene, rosaweiße Meeresfrucht-, Fisch- oder Fleischgarnierung. Gekrönt von currybraunen, chiliroten, kräutergrünen Dressinghauben. Reichlich berieselt von selbstgezogenen Keimlingen und Kräutern, so frisch wie eine grüne Aromaglocke.

Friedrich schwenkte die Champignons, gab reichlich Knoblauch dazu.

SIE sollte Knoblauch essen, verführerisch mit etwas Zitronenschale und Thymian abgerundet, der Typ bekam keinen in sein Salatdressing. Der sah so aus, als ob Knoblauchatem ihn vom Küssen abhalten würde.

Friedrich lugte durch das Sichtfenster aus seiner Küche.

Enrico servierte den beiden.

Sie lächelte den Kellner an, ihr Freund hob nicht einmal den Kopf von den Papieren, die er in seine Mittagspause schleppte.

Friedrich zog die Kaninchenkeulen mit in Portwein gedünsteten Pflaumen aus dem Backofen. Mit Gnocchi als Beilage lockten sie heute als Mittagsangebot. Dazu wahlweise Vorgericht oder Dessert. Das Ganze für sieben Euro, Getränke natürlich extra.

Friedrich betrieb kein Schnellrestaurant.

Seit drei Monaten führte er sein Bistro „Sonnenschein" und er machte sich nichts vor. Um neben den Fastfood-Ketten zu bestehen, reichte es nicht, ausgezeichnet zu kochen. Er musste preisgünstig sein und bleiben, um seinen Platz in der Innenstadt zu behaupten. Die Personalkosten niedrig halten. Da waren er und die Küchenhilfe Anita, die Kellner Enrico und Mauretano. Mit diesem Team wollte er sein Konzept von frischer, eigenwilliger Küche und einer freundlichen Atmosphäre durchziehen.

Die Erfolge zeichneten sich schon ab.

Aus den umliegenden Geschäften hatte Friedrich schon etliche Mittagsstammgäste gewonnen. Unter anderem diese junge Frau mit den wilden Locken, die sich wie Schokoladenspäne um ihre Ohren ringelten.

Sie arbeitete schräg gegenüber in einem Laden für Wohnaccessoires. Jeden Montag und Mittwoch kamen sie und ihr Freund zum Mittagessen. Die restliche Woche aß sie wohl mitgenommene Esswaren oder gar nichts. Jedenfalls hatte Friedrich sie an den anderen Tagen in keinem der umliegenden Lokale fremdgehen sehen. Ihr Laden „prix fixe“ schloss um neunzehn Uhr, eine knappe halbe Stunde später ging sie nach Hause oder sonst wohin.

Friedrich schloss sein Bistro um zwanzig Uhr dreißig, danach verlief sich keiner mehr in die Innenstadt.

Im Moment wendete er Fischfilets, dünstete Broccoli, rührte Sahne, röstete Mandelsplitter, schaltete den Salamander über den Crèmes brulées ein. Träumte dabei, sie käme nach Ladenschluss auf ein buntes Gemüsecarpaccio mit Basilikumdressing oder einem verdeckt scharfen Strauchtomatenauflauf mit Bergkäsekruste. Danach könnten sie gemeinsam nach Hause gehen.

Friedrich reckte den Hals.

Enrico sauste mit einem Tablett karamellig zischender Crèmes brulées an dem Paar vorbei.

Sie hob den Kopf, sog den warmen, zuckerbraunen Duft ein, wendete sich dann ab. Sie bestellte niemals ein Dessert.

Friedrich vermutete, dass sie sich kasteite, wie viele junge Frauen.

Ihr Freund wirkte, als ob er jedes Pfund Körpergewicht über fünfzig Kilo bei einer durchschnittlichen Körpergröße sehr kritisch betrachten würde. Sie war nicht sehr groß. Höchstens einen Meter sechzig.

Friedrich maß mit Kochmütze fast zwei schlaksige Meter.

Enrico kam, um die gegrillte Dorade mit Fenchelgemüse zu holen.

„Geh mal an Tisch sechs und erkundige Dich bei den beiden, wie‘s schmeckt!“ beauftragte Friedrich seinen Kellner.

Der erstattete kurze Zeit später Meldung: „Der Typ ist ein Muffel. Ganz gut, hat er gesagt. Sonst nichts, “ Enricos Augen leuchteten auf, „aber die Signorina, die sagte, sie liebe Champignons, und diese hier wären die besten, die sie je gegessen hätte!"

Kurze Zeit später brachen die beiden auf.

Friedrich blickte dem Pärchen nach.

Ihr Hintern wogte in einem hellroten Strickkleid über schwarzen Strümpfen und Pumps. Vor Aufregung vergriff er sich und löschte die vor ihm brutzelnde Schalotten-Morchelmischung mit dem roten statt dem weißen Wein ab.

Die Sauce war verdorben.

Wütend stieß Friedrich die Kasserolle vom Herd.

Es musste etwas geschehen.

Am Donnerstag bot Friedrich gedünsteten Lachs in einer Estragonschaumsauce mit neuen Kartoffeln als Tagesgericht an.

Als der erste Mittagsansturm vorbei war, wandte er sich einem vorbereiteten Hummer zu, grillte ihn, schlug eine Aioli auf, garnierte den Zuckerschotensalat mit violetten, weißen und grünen Spargelspitzen, röstete das selbstgebackene Anisbrot sanft an. Die Mousse au chocolat umrundete er mit milde angegrillten Himbeeren, umflochten von Zuckerfäden. Auf das Ganze noch eine selbst hergestellte Schokowaffel.

Enrico wurde angewiesen, die Köstlichkeiten zu dem Wohnaccessoirelädchen „prix fixe" zu bringen und auf Anfrage nur zu antworten, dass sie für die Signorina von einem Mann bestellt worden waren.

Friedrich beobachtete Enrico.

Dieser klopfte an die in der Mittagspause verschlossene Tür.

Klopfte noch einmal.

Die Tür wurde geöffnet.

Ein kurzer Wortwechsel.

Enrico kehrte über die Straße zurück.

„Erst wollte sie das Essen nicht nehmen. Da habe ich ihr ausgerichtet, was Du gesagt hast, Chef. Dann war alles paletti!“ berichtete er.

Friedrichs blonde Haare waren ganz verschwitzt: „In einer Stunde holst Du das Geschirr wieder ab“, ordnete er an.

So geschah es.

„Sie war begeistert, die bella Signorina!“ Enrico wedelte mit einem Fünfeuroschein.

Am Freitag gab es im Bistro „Sonnenschein“ Hähnchenbrust mit Kräuterfarce in Sahnesauce mit grünen Spätzle.

Friedrich wies Anita an, den Spätzleteig zu schaben und wandte sich seinen Wachteln zu. Flink stopfte er sie mit einer vorbereiteten Füllung aus pürierter Putenleber, Sahne, Cognac und Knoblauchcroutons aus. Während die kleinen Vögel in Butter brieten, wendete er Kartoffel-Möhren-Plätzchen, dünstete Mangoldgemüse mit Knoblauch, überstreute dieses mit frischgeriebenem Parmesan.

Seine flinken Finger richteten grandmarniermarinierte Mangoscheiben auf einem Vanillesaucespiegel (bloß nicht zu süß!) an. Jetzt noch schnell die Minzeblättchen auf dem Ingwerparfait platzieren und Enrico konnte gerufen werden.

Dasselbe Spiel wie gestern begann.

„Sie wollte es nicht nehmen, Chef. Sie fragte, welcher Mann das für sie bestellt hätte. Ob es derjenige wäre, mit dem sie immer bei uns essen würde. Ich sagte, sie solle Chef fragen. Aber erst essen. Da hat sie es genommen.“

Enrico strahlte triumphierend.

Friedrich klopfte ihm auf die Schulter.

Der Mittagsansturm ließ ihm keine Zeit, den Laden „prix fixe“ zu beobachten.

Beinahe hätte er deshalb die Platte mit Roastbeef, selbstgemachter Remoulade und mit Röstzwiebeln umhüllten Kartoffelbällchen fallen lassen, als er sie vor der Durchreiche stehen sah. Enrico nahm ihr die leergegessenen Teller ab. Er beteuerte ihr wort- und gestenreich, wie gern er sie wieder geholt hätte.

Sie lächelte ihn an, suchte aber mit den Augen den Raum ab.

„Wer hat das Essen bestellt?“ fragte sie.

„Chef!“

Friedrich nahm seine Kochmütze ab.

Er streckte seinen Kopf durch die Durchreiche.

„Ich“, sagte er schlicht.

„Wie kommen sie dazu?“

Die hochgezogenen Augenbrauen ließen ihre hellbraunen Augen noch runder erscheinen.

„Wie Sahnetrüffel“, dachte Friedrich, „mit einer Garnierung von Pistaziensplittern.“

„Also?“

Wenn sie die Lippen zusammenpresste, zeigten sich in ihren Mundwinkeln entzückende Grübchen, als hätte jemand Rosinen hineingedrückt.

“Sie animieren mich zu neuen Rezepten. Sie sind eine fleischige, ähh, fleischgewordene Inspiration für mich“, erklärte er.

Enrico lauschte.

Sie schaute verblüfft.

Aus ihrer mit grüner Spitze garnierten Bluse schaute der Busenansatz rosig wie Marzipan.

Friedrich hob den Kopf und knallte mit der Stirn gegen den Holzrahmen.

Der Busen bebte wie Wackelpudding.

Sie lachte.

„Es tut mir leid, dass sie sich gestoßen haben. Aber das mit dem Essen muss aufhören!“

Sie warf ihre Mähne zurück und stöckelte hinaus. Ihr fliederfarbener Rock flimmerte vor Friedrichs tränenden Augen.

Anita reichte ihm ein Messer.

„Auf die Beule drücken, Chef“, riet sie.

Enrico schlich heran. „Nimm‘s nicht so tragisch, Chef!“

Friedrich warf das Messer auf den Boden.

„Verflixte Bande! Geht an eure Arbeit und lasst mich in Ruhe!“

An diesem Abend hatte er außer der Beule an der Stirn noch etliche Brandnarben vom unvorsichtigen Hantieren mit heißem Kochgerät vorzuweisen. Samstag und Sonntag war das Bistro geschlossen. Aber Friedrich war das Wochenende fleißig gewesen. Für heute, Montag, standen als Tagesgericht „Champignons royals“ auf der Karte.

Sie musste nur kommen.

Friedrich bereitete die Farce aus Schalotten, Crème double, glatter Petersilie, Knoblauch und Parmaschinken. Anita höhlte die Champignonhütchen aus. Enrico spritzte heran.

„Chef, die Signorina ist da!“ Seine Augenbrauen schoben sich zusammen. „Mit Stoffel!“

„Ist okay! Nimm die Bestellung auf.“ Friedrich arbeitete ruhig weiter.

Wenig später zeigte sich Enricos Kopf in der Durchreiche.

„Die Signorina wünscht Champignons royals, Signor Stoffel eine große Salatplatte.“

„Ich serviere selbst!“

Friedrich wandte sich um und verpasste deshalb Enricos gleichzeitig verblüffte und schmerzerfüllte Grimasse, als diesmal dieser seinen Schädel am Durchreicherahmen rammte.

„Dio mio!"

Konzentriert richtete Friedrich die Teller zurecht. Trat damit an den Tisch des Pärchens.

„Bitte sehr, die Herrschaften!"

Sie sah verblüfft hoch, sagte aber nichts. Ihr Freund hob kaum den Blick von seinen Papieren: „Danke."

Friedrich trat einen Schritt zurück.

Beide griffen zu Messer und Gabel. Sie stieß einen spitzen Schrei aus.

„Was ist denn los, Kathinka? Hast Du Dich geschnitten?"

Sie schüttelte den Kopf.

„Gut, dann lass uns weiteressen. Ich möchte noch in Ruhe dieses Dossier auslesen. Um zwei ist Besprechung, wie Du weißt."

Kathinkas Freund wandte sich wieder seiner Salatplatte und den Papieren zu.

Friedrich beobachtete Kathinka.

Sie betrachtete den Teller.

Verschieden große Champignonhütchen aus cremefarbener Schokoladentrüffelmasse zeigten rosa Cremelamellen (mit Cassis parfümiert) auf dunkelbraunen Cognactrüffelbeinchen. Perlenkleine Kokosmakronen markierten Gänseblümchenblätter um mit Akazienhonig glacierten Mandeln. Ein roter Marzipanfliegenpilz trug Vanillesahnepunkte. All dies balancierte auf einem filigranen Zuckerfadengeflecht, das über einem pistaziengrüngefärbten Parfaitmassenuntergrund drapiert war. An den Tellerrand hatte Friedrich rundum Herzen aus Himbeermark gespritzt. In einem Brotkorb lagen Scheiben von täuschend ähnlichem Marzipanbaguette.

Kathinka saß noch immer regungslos. Schließlich nahm sie vorsichtig einen kleinen Champignon hoch.

Sie betrachtete ihn.
Dann steckte sie ihn in den Mund, fühlte ihn schmelzen.
Sie nahm noch einen.
Friedrich reichte ihr einen Löffel.
Kathinka lächelte ihn an.
Friedrich lächelte zurück.

Delikat, Aquarell 2010

Larifari

ௐ

Benediktine und Candida führten zusammen einen kleinen Modesalon. Vor zwei Jahren waren sie sich in ihrer gemeinsamen Lieblingsdisco über den Weg gelaufen. Sie fielen sich gegenseitig so oft auf, dass sie sich nicht mehr ignorieren konnten. So entstand aus schrägen Blicken ein offenes Mustern, das in einem gegenseitigen anerkennenden Lächeln mündete. Etliche Caipirinhas an der Bar führten zu schwesterlichen Küssen. Kichernd wischten sie sich die blutroten Spuren von den Wangen.

Beide trugen bodenlange ärmellose schwarze Satinkleider, deren Rückenausschnitt keinen Wirbel ausließ. Dazu ellenbogenlange, federnbesetzte Abendhandschuhe. Die Kleider hatten sie selber entworfen und genäht.

Bei den weiteren Treffen vertieften sie sich in ihr schwesterliches Seelenleben. Mit jedem Schluck Cappuccino oder Kakao mit Sahnehaube kosteten sie gemeinsame Erlebnisse und Vorlieben.

Als kleine Kinder zeigten sie schon einen persönlichen Geschmack, was ihre Kleidung und deren Farben betraf. Beide pubertierenden Mädchen begannen aus Mangel an, in ihren Augen, kaufbaren Klamotten, diese selbst zu nähen.

Benediktine fing nach der Mittleren Reife eine Schneiderlehre an. Nach erfolgreichem Abschluss fand sie eine Stelle als Assistentin der Gewandschneiderin am Theater.

Candida, die damals noch Jutta hieß, machte ihr Abitur und studierte Kunst und Design. Ihren Eltern wäre eine Schneiderlehre für die begabte Tochter zu profan erschienen.

In dreimonatiger Freundschaft schälten Candida und Benediktine Anforderungen und angebliche Notwendigkeiten, die von ihrer Umwelt an sie getragen wurden, von sich ab. Ihnen war klar, dass nur ihre Gemeinsamkeit dies ermöglicht hatte. Sie waren beim grünen Kern ihrer Wünsche angelangt. Beide wollten Kleider entwerfen, nähen und verkaufen. Ihr Herzenswunsch war, ein Modeatelier zu eröffnen.

Benediktine hatte einiges erspart, aber ohne einen kräftigen Finanzzuschuss von Juttas Eltern hätten sie ihren Traum noch Jahre nicht verwirklichen können. Juttas Eltern fiel es schwer zu akzeptieren, dass ihre Tochter ein Studium abbrach, um Kleider zu nähen. Da Jutta nicht umzustimmen war, sollten wenigstens die äußeren Rahmenbedingungen stimmen. Außerdem imponierten ihnen Benediktines ruhige Fachkenntnisse, mit denen sie Juttas Modefantasien in tragbare Kleider umsetzte.

Das Modeatelier trug sich. Es schlug keine großen Wellen im Kleidermeer der mittelgroßen Universitätsstadt, in der sie lebten. Aber aus Benediktines Arbeitszeit am Theater stammte eine Künstlerklientel.

Juttas Eltern führten wohlhabende Kundinnen zu. Jutta nannte sich jetzt Candida. Sie setzte dies auch bei ihren Eltern durch. Benediktine und Candida ergänzten sich. Bennis klare Schnittmuster entkernten Candidas opulente Entwürfe zu tragbarer Kleidung, ohne ihnen den Stil zu nehmen.

Sie seufzte.

In letzter Zeit reagierte Candida zunehmend empfindlich auf ihre Eingriffe. Sie warf Benediktine vor, zu viele Kompromisse an den Kundengeschmack zu machen. Allerdings war es eine Tatsache, dass die meisten Kundinnen Bennis Vorschläge bevorzugten. Einfarbige schwere Rohseide in schräger, schmaler Schnittführung. Höchstens mal am Ausschnitt komplementärfarbig paspeliert. Seitlich bis zur Hüfte geschlitzt. Dazu eine grobleinene Zipfeljacke, nur auf einen Knopf geschlossen.

Das war ein Renner.

Candida fand dies langweilig.

Sie schwelgte in weinrotem Damast mit goldener Linienführung, kombinierte dazu eine pinkfarbene Spitzenbluse, die ihre hübschen Brüste durchschimmern ließ. Ein froschgrünes Taftoberteil bestand nur aus zwei Rechtecken, die über der Schulter mit Pfauenfedern zusammengehalten wurden.

Wer sollte dies kaufen?

Candida warf Benni pures Kommerzdenken vor.

Benni seufzte zum zweiten Mal. Jetzt, in der Weihnachtszeit war die Auftragslage gut. Sie nähten zwölf Stunden pro Tag, denn sie nahmen auch Änderungen an vorhandenen Kleidungsstücken vor. Wieder etwas, das Candida schmollen ließ.

Benni wollte ihre Freundin und Mitinhaberin versöhnen. Deshalb nähte sie Candida heimlich, nach einem derer Entwürfe, eines ihrer barocken Abendkleider, die kaum zu verkaufen waren.

Jetzt war es knapp vor dreiundzwanzig Uhr. Candida war nach kurzem Abschiedsgruß gegen neun verschwunden. Von einem gemeinsamen Abendessen war schon seit längerer Zeit keine Rede mehr.

Benediktine beugte sich über den vor ihr auf der Nähmaschine liegenden vielfarbig changierenden Taftrock. Ihre Augen brannten. Diese Naht wollte sie noch schließen, dann war Schluss. Das Oberteil musste eben morgen angenäht werden.

Die tannengrüne Samtcorsage mit Stäbchen auszupolstern war knifflige Feinarbeit gewesen. Jeweils hinten und vorne zierte ein goldfarbenes Spitzendreieck den Ausschnitt. Die kleinen Puffärmel aus schwarzem Tüll waren mit angenähten goldenen und grünen Seidenbändern verziert. Der Taftrock sollte nach dem Annähen noch gerafft werden und einen rot-weiß-gestreiften Seidenunterrock sehen lassen.

Candida würde großartig darin aussehen. Benediktine hoffte, dass ihr Geschenk die frühere freundschaftliche Nähe wiederherstellen würde.

Benni bog am nächsten Morgen in die kleine Nebenstraße zu ihrem Modeatelier ein.

„Larifari“ stand in goldenen Buchstaben auf beiden Schaufenstern geschrieben. Zwei Schneiderpuppen mit je einem Benediktine- und Candidaentwurf standen darin.

Keine Weihnachtsdeko.

Darüber waren sie sich Gott sei Dank noch einig gewesen.

Benni stockte im Lauf. Es war kurz vor neun Uhr morgens.

Im Laden brannte Licht. Candida musste schon da sein.

Das Windspiel klingelte aufgeregt mit den Tönen, als Benediktine die Tür aufstieß.

Candida stand an einem der drei im Raum verteilten Bistrotische. Sie trank Kaffee.

„Wir müssen mal wieder die Kundenkekse auffüllen“, sagte sie zur Begrüßung.

„Sicher", antwortete Benni verblüfft, „was machst Du denn schon hier?"

Candida schlürfte ihren Kaffee. Dann stellte sie ihre Tasse ab. Musterte sie, als ob sie im Kaffeesatz lesen wollte.

„Erinnerst Du Dich daran, dass ich neulich den Entwurf für eines meiner Abendkleider gesucht habe? Das, dem ich den Namen `Titania´ gegeben habe?"

Träge stellte sie ihre Fragen.

Benni schlüpfte aus dem dunkelblauen wadenlangen Wollmantel. „Gewiss", sagte sie, ohne Candida anzusehen.

„Ich konnte und konnte den Entwurf nicht finden. Ich habe hier meinen Arbeitstisch und zuhause alles abgesucht. Es ließ mir keine Ruhe. Da bin ich heute Nacht noch mal hierher gegangen. Kurz nachdem Du weg warst."

Benni drehte sich um. Starrte ihre Freundin an.

Candida hob den Kopf. Ihr blondes, aalglattes Haar hatte sie zu einem Knoten zusammengesteckt. Das schmale Gesicht mit der langen Nase glich dem eines Raubvogels.

„Du sagst ja gar nichts. Jedenfalls blätterte ich hier nochmals Entwurf für Entwurf durch. Nichts! Dann kam ich auf die Idee, bei Dir zu suchen. Obwohl Du angeblich mit meinen Entwürfen nichts anfangen kannst!"

Die jungen Frauen sahen sich durch den Raum hinweg an.

Bennis Wangen glühten. Ihre reichlich darüber gestreuten Sommersprossen schienen ihr einzeln auf der Haut zu brennen. Das dunkelblonde krause Haar stand wirr vom Kopfe ab.

Candida bewegte ihre leere Kaffeetasse auf dem Tischchen zwischen Sahnetopf und Zuckerstreuer hin und her.

„Jedenfalls möchte ich Dich bitten, die Hände von meinen Entwürfen zu lassen. Und deren Ausführung steht mir ebenfalls alleine zu. Ich weiß ja nicht, was Du damit vorhattest. Ohne meine Einwilligung hättest Du es ja gar nicht verkaufen können Oder wolltest DU etwa selber einen meiner geschmähten Entwürfe tragen?“

Benni stürzte in ihren Schneiderraum.

Das fast fertige Kleid, das sie gestern Abend in einer Klarsichthülle geborgen und im Schrank versteckt hatte, hing an einem Garderobeständer.

Es war mit der Schneiderschere sorgsam von oben bis unten in zwei Zentimeter schmale Streifen geschnitten worden.

Mal so, mal so, Aquarell auf Japanpapier 2015

Blattschuss

ଙ

Marcella lag in der Badewanne. So eine Nacht auf dem Hochsitz ging in die Knochen. Dabei hatte sie noch Glück gehabt. Manchmal hatte sie bis zum Morgengrauen warten müssen, bis sich eine Schussmöglichkeit ergab. Kurz vor Mitternacht hatte es diesmal geklappt.

Eine Rotte Wildschweine zog über die Lichtung, und gerade als eine Sau günstig stand, zeigte sich der Mond. Marcella schoss.

Die Tiere brachen in alle Richtungen aus. Äste knackten, brachen. Die Rotte trampelte ihre Panik ins Unterholz. Bäume warfen mit Laub, rauschten entsetzt. Die tote Wildsau lag am Boden. Der volle Mond beleuchtete die Szene. Das getötete Tier lag wie im Scheinwerferlicht.

Marcella beruhigte durch langsames Ein- und Ausatmen ihren zitternden Körper. Schließlich kletterte sie vom Hochsitz.

Ihr Jagdpartner folgte.

Sie hievten das Wildschwein in den Landrover, fuhren zu seiner Jagdhütte. Gemeinsam brachen sie das tote Tier auf, enthäuteten es. Das Fell und die Innereien wurden vergraben.

Marcellas Hälfte des Wildschweins hing jetzt im Kühlraum des Jagdkollegen, um noch vollständig auszubluten.

Danach würde sie es portionsweise einfrieren.

Marcella ließ heißes Wasser nachlaufen. Das stundenlange Hocken auf dem Hochsitz führte zu völlig verkrampften Beinmuskeln. Sie dehnte sich. Ihrer Familie oder Freunden davon zu berichten, konnte sie sich sparen.

Selbst Schuld, sprach deren Gesichtsausdruck. Tiere zu töten war grausam. Gegessen wurden sie dann mit Genuss. Frisches Wildbret, garantiert BSE-frei. Wenn die verfressenen Feinschmecker es als tiefgefroren gekauft vorgesetzt bekommen hätten, wäre es ein übliches Festessen unter Freunden gewesen. So saß die Jägerin mit am Tisch. Verzehrte das eigenhändig im Mondlicht Gemeuchelte.

Marcella bewegte ihre Zehen. Seufzte.

Ihre Tochter Henriette, elf Jahre, war zur Vegetarierin geworden. Sie verweigerte sich ebenso strikt dem gedankenlosen Fleischkonsum, wie es ihre Mutter tat.

„Schatz, der Tod gehört zum Leben", hatte Marcella versucht, ihrer Tochter zu erklären.

„Aber Du sollst ihn nicht hierher bringen", war Henriettes Antwort gewesen.

Marcella öffnete die Augen. Im lauwarmen Wasser war sie fast eingedöst. Sie erhob sich, zwang den Körper zu einer kalten Dusche. Warm durchblutet spürte sie wieder ihre Gliedmaßen. Streifte den dicken Frotteebademantel über. Reckte die Zehen in Wollsocken. Trank in der Küche Kakao. Sah auf die Uhr. Noch vier Stunden bis zum Aufstehen. War erschöpft. Blätterte in sich selbst zurück. Ohne es zu wollen.

Um drei Uhr morgens marschierten die Gedanken auf, ohne dass man sie rief.

Als Marcellas erster Mann, Henriettes Vater, starb, hatte sie gewusst, dass der Verlust unersetzlich war.

Dieses scharfe Gefühl zwang sie zu einer begegnenden Schärfe. Um es aufzuheben.

Dies war ihr nicht bewusst.

Sie handelte aber danach.

Ging zu den Unterrichtsstunden des Hubertusvereins und lernte. Wildbiologie, Waffenkunde, Gesetze, Populationsverhalten. Lernte scharf zu schießen. Schoss zurück. Tötete, um selbst nicht getötet zu werden.

Marcella trat an das Küchenfenster. Der Mond war nicht mehr zu sehen. Stadtlichter blinkten Wegmarkierungen.

Müde bin ich, geh zur Ruh, morste ihr Gehirn.

Marcella spürte Frieden.

Sie respektierte ihre Tochter.

Henriette würde eines Tages verstehen, dass Verantwortung zu übernehmen sich in der Verpflichtung dem Leben und dem Tod gegenüber zeigte.

Tanztee

ଔ

„It's tea – time, baby! " Ihr Gesicht unter den roten Haaren tanzte vor ihm auf und ab. Er schloss wieder die Augen. Gut, dass sie da war, aber sie sollte ihn noch schlafen lassen.

Sie trällerte. Singvogel auf einem Zweig. Frühlingsgrün. Blaue Bergspitzen im Nebel.

Er döste bunten Gedankenfirlefanz.

Ohne Knieschmerzen lief er Serpentinen hinauf, war ca. fünfunddreißig Jahre jung.

Ein in sein Ohr gezwitschertes „Aufstehn!" stieß ihn in eine Nebelbank. Er tastete sich durch wolkigweiße Traumwatte in die Gegenwart. Seine Augen blieben jetzt geöffnet. Sahen Nachmittagssonne durch die Jalousien streifen.

Sie saß am unteren Ende des Bettes und mühte sich, ihre Sandaletten zu schließen.

Der Anblick riss ihn hoch. Allerdings erst nur in Gedanken.

Vorsichtig schob er seinen Körper auf die Seite, bevor er sich aufrichtete. Bückte sich vor seiner Frau, schloss ihr die goldenen Schuhschnallen. Küsste ihr linkes Knie. Beim Aufstehen wühlten scharfe Messer in seinen Kniegelenken.

Arthrose. Die ließ sich nicht verdrängen. Da spürte man, was man hatte.

Sie tätschelte seinen weißen Schopf. Die goldenen Riemchensandalen konnte sie trotz ihrer einundsiebzig Jahre gut tragen. Die Fußknöchel waren zart geblieben, die Beine krampfaderfrei. So schön wie eh und je.

Er teilte es ihr mit, als sie ihm nach dem Duschen den Rükken frottierte.

Sie puderte sich die Nase.

„Heute wird's wieder heiß!" sagte sie unternehmungslustig.

Sein weißer Leinenanzug fiel locker den Körper hinab. Er mühte sich vergebens, seinen Ring anzuziehen. Die Gelenke waren geschwollen. Wahrscheinlich von der Hitze.

Sie betrachtete ihren Mann. So eine Rasur war eine intensive Angelegenheit, als würde er seine untere Gesichtshälfte neu modellieren. „Gut siehst Du aus", sagte sie.

Er band sich eine fliederfarbene Krawatte um.

Sie schlang einen türkisfarbenen Seidenschal um ihre Schultern. Die roten Haare krönten hochgesteckt das Gesicht.

Wie hinter einem Puderschleier, mit einer Hand wegzuwischen, sah er ihr neunzehnjähriges Gesicht. Wie er sie zum ersten Mal erblickte. Ein intensiver Blick, den sie mit ihm in einem Zugabteil gewechselt hatte. Zu einer weiteren Annäherung war es nicht gekommen, da das Abteil so überfüllt gewesen war.

Erst auf dem Bahnsteig hatte er sie angesprochen: „Trinken Sie einen Kaffee mit mir?"

Sie wollte Tee.

Drei Monate später waren sie verheiratet.

Ihre Kinder liebten diese Geschichte. Zu allen runden Geburts- und Hochzeitstagen wurde sie serviert.

Vor oder nach dem Kaffee.

Süßes Naschwerk.

Ihre Ehe überlebte die Legende.

Sie hatten sich nicht nur vom Zuckerguss ernährt.

Wenn es nur das gewesen wäre, überlegte er, wären sie nie so weit gekommen. Sie hätten an so vielen Ecken und Enden scheitern können. Sorgsam schob er seinen Panamahut zurecht.

Ihre Augen folgten seinen Bewegungen. Diese Bedächtigkeit löste in ihr den Wunsch aus, sich lebhaft zu betätigen. Sie steckte sich ein mildes Pfefferminzbonbon unter die Zunge.

Der Panamahut saß.

Er bot ihr seinen Arm.

Sie akzeptierte, blickte liebevoll in sein glattrasiertes, duftendes Gesicht. Damals waren sie beide naturblond gewesen. Heute war sein Schopf silberweiß, ihr Haar schon lange rotleuchtend.

„Aber immerhin Haare", pflegte er zu sagen.

„Smoke get's in your eyes. " Summend schob sie ihre sonnenfarbene Kostümjacke auf dem Bügel zurecht. Eine gelbe Anflugwiese für geflügelte Eintagswesen. Auch Schmetterlinge landeten auf ihr.

Er saß auf dem Balkon. Neben sich ein Glas Rotwein. Rauchte ein Zigarillo. Seit er über siebzig war, rauchte er einen pro Tag. Vorher hatte er fünfunddreißig Jahre nicht geraucht.

Blickte über das Meer. Genoss Duft, Blick und Geschmack.

Fühlte, hörte, wie die See einen herbblauen Abendwind schickte, in dessen Atemstößen wirbelnde Luftschichten und Ahnung von lichtlosen Tiefen mitschwangen.

Hörte sie summen. Hantieren. Weich laufen.

Die goldenen Sandaletten lagen abgestreift.

Müde ringelten sich die Riemchenbänder ein.

Er schloss die Augen.

Mit neunundsiebzig konnte man abends gut müde sein.

Nach zwei Stunden Tanzen. Tanztee im Nobelhotel. Mit gemischtem Publikum aller Altersklassen.

Er liebte es, weil sie es liebte.

Sie tanzten gerne auch mit anderen. Aber am besten tanzten sie zusammen. Ohne nachzudenken. Glitten in die Bewegung des Partners hinein. In der gemeinsamen Drehung verschwamm die Außenwelt zu einem weißen Ring, in dessen Zentrum sie sich ihrer gegenseitig wahrgenommenen Farbenvielfalt hingaben.

Sie brachte ihm einen Teller. Rotweiße Wurstscheiben, braunschwarze Oliven, rahmgelben Brie, salzgrüne Gürkchen.

Stellte sich neben ihn.

War zufrieden, dass er aß.

Sie unterhielten sich über den Heimweg von dem Hotel zu ihrem Appartement. In welchem Promenadenlokal schmeckte das Abschlussglas Champagner am besten? Wo saß man am schönsten? Wer bot die leckersten Fischgerichte?

Die Dunkelheit senkte sich. Meeresströmungen glitzerten. Sie liebten beide das Meer, das jeden Tag das gleiche und keinen Tag das selbe war. Oh, die Schiffe. Sie brachen auf und sie kehrten zurück.

Der Nachtwind zauste ihre Haare. Früher blond, jetzt rot und weiß. Ihre Jacke hing am Schrank.

Sie hielten sich an den Händen, waren zuhause.

Kuschelten sich in ihre Betten.

Vor dem Einschlafen wärmten sie sich gegenseitig die Schmerzen fort.

„Wie lange noch?“ fragte er fast schon träumend.

Meinte er den Aufenthalt am Meer?

Oder ihr gemeinsames Leben?

„Bis morgen“, flüsterte sie, „für immer bis morgen!“

Utopia

ଓ

Nachdem Susanna ihr Tiermedizinstudium geschmissen hatte, begann sie ausschließlich von den Einkünften aus ihrer Prostitution zu leben. Es hatte sich so ergeben.

Susannas Vermieter hatte ihr eines Tages angeboten, die Miete drastisch gegen körperliches Entgegenkommen ihrerseits zu reduzieren. Er war ihr nicht unsympathisch und der elterliche Scheck war knapp. Auf Studentenjobs in Kneipen o. ä. hatte sie keine Lust. Es erstaunte sie nur leicht, dass sie auf Herrn Bessermanns Vorschlag nicht empört reagierte. Nach einer friedlich durchschlafenen Nacht teilte sie ihm ihr Einverständnis mit.

Er besuchte sie zweimal die Woche, jeweils von acht bis zehn Uhr abends. Gegen dreiundzwanzig Uhr kehrte seine Frau von Chorgesang oder Kegelschwestern zurück. Selbst wenn sie ihren Mann in Susannas Wohnung gesehen hätte, wäre kein Misstrauen in ihr aufgekeimt. Ihrem Dicken traute Frau Bessermann derartig regelmäßige sexuelle Betätigungen nicht mehr zu. Sich selber auch nicht, aber sie hatten nun mal keinen männlichen Untermieter, der sie auf derartige Gedanken hätte bringen können.

Susanna siezte Herrn Bessermann in jeder Situation. Sie benahm sich auch in Gegenwart seiner Frau ihm gegenüber völlig unbefangen. Ihr Verhältnis war friedlich und zweckbezogen. Wenn sie ihn im Rechteck des achtbaren Reihenhausgartens arbeiten sah, fühlte sie keinen Bezug zu dem Mann, außer dem, wie sich ihre Beziehung nach außen darstellte. Susanna gewöhnte sich an, lange zu schlafen. Fehlte in Vorlesungen, schloss sich keinen Arbeitsgruppen an. Vertrödelte lange Fernsehtage.

Als Herr Bessermann fragte, ob er ihr einen Freund vorstellen könne, zögerte sie. Das Leben war im Moment so bequem.

Sie wollte es nicht komplizieren. Aber sie liebäugelte mit einem Breitbildfernseher. Einmal in der Woche zusätzlich zwei Stunden mit Herrn Bessermanns Freund zu verbringen, wäre kein zu hoher Preis.

Edgar, fünf Jahre älter als Herr Bessermann, bestand darauf, geduzt zu werden. Susanna erfüllte ihm den Wunsch. Die einzige innere Beteiligung, die sie Edgar gab.

Er erfüllte ihre Dachzimmerwohnung mit einer dröhnenden Vitalität, die Susannas Gegenwart nur körperlich benötigte.

Das Leben lief bequem weiter. Bis Susannas Eltern Rechenschaft über abgelegte Prüfungen forderten und mit Stornierung des monatlichen Schecks drohten.

Susanna verband nichts mehr dem Veterinärmedizinstudium. Sie erinnerte sich nur noch lau an die Beweggründe ihrer Berufswahl. Sie hatte nicht Medizin studieren wollen, um auf keinen Fall in die Praxisfußstapfen ihres Vaters treten zu müssen. Diese war sein Lebensinhalt und ihre Mutter bildete mit ihrer Arzthelferinnentätigkeit das Rückgrat der Allgemeinarztpraxis.

Dem Rhythmus des Tages-, Wochen-, Monats-, Jahreslaufs dieses weiß geputzten Praxiskörpers war das gesamte Familienleben unterworfen. Höchstens eine Woche Urlaub im Jahr lautete eines seiner Gebote. Früh aufgestanden, im weißen Kittel, mit Birkenstocksandalen wanderten Susannas Eltern Tag für Tag zwölf bis vierzehn Stunden Praxis und Patienten ab.

Susanna gab nach dem Abitur Liebe zu den aus hygienischen Gründen in der Praxis nie vorhanden gewesenen Tieren an, um ihren Studienwunsch zu begründen. Aber das Studium war ihr immer gleichgültig geblieben.

Sie kuschelte sich in ihre rosa Bettwäsche. Wenn der Scheck ihrer Eltern ausblieb, musste sie eben auf ihre Weise für Geld sorgen.

Sie gab eine Anzeige auf.

So lernte sie Ali kennen.

Susanna wickelte ihre Tochter. Durch das Dachfenster strömten Abendsonnenstreifen. Sie tauchten den direkt unter dem Schrägfenster stehenden Wickeltisch in Frühlingswärme. Lichtfinger tasteten sich in den Raum hinein, verschwanden wieder blitzartig. Die Kleine rollte sich bäuchlings, versuchte hinter den Sonnenstrahlen herzukrabbeln.

Susanna drückte sie energisch auf die Wickelunterlage zurück. Gott sei Dank war Uta–Pia ein ruhiges Kind.

Bis auf die Koliken in den ersten drei Monaten. Da hatte ihr schrilles Schreien jeden Ansatz einer sexuellen Begegnung zusammenschrumpfen lassen. Nicht, dass Susanna sechs Wochen nach der Geburt scharf auf Sex gewesen wäre. Aber sie brauchte Geld.

Für eine Zukunft mit Kind noch mehr als früher. Ihr Leben war anderthalb Jahre lang bequem und sorgenfrei gewesen. Mit

Ali hatte sie einen dritten ständigen Freier gefunden. Er war türkischer Geschäftsmann. Inhaber einer Döner-Imbiss-Kette.

Die zwei Wochenabende mit Susanna bezahlte er großzügiger als die beiden anderen, Herr Bessermann und Edgar. Aber er bestand von Anfang an darauf, ohne Kondom mit ihr zu schlafen. Da Susanna von da ab die Pille nahm, verzichtete sie auch bei ihren anderen Geldgebern auf den Gummischutz. An eine mögliche Infektion mit Geschlechtskrankheiten glaubte sie nicht. Sie hatte nur Verkehr mit diesen drei Männern, die ihrerseits alle in festen Beziehungen lebten.

Herr Bessermann wusste von Edgar und Ali.

Edgar wusste von Herrn Bessermann.

Ali wusste von keinem anderen, vermutete aber noch andere Kunden.

Das Arrangement verlief für Susanna über ein Jahr lang bequem und sachlich. Sie war eine friedliche Mieterin, putzte regelmäßig Fenster und Treppe. Ihre Wohnung hielt sie ordentlich wie eine Puppenstube. Der einzige Wandschmuck waren die von Bessermanns ausgesuchten Blümchentapeten.

Ali brachte ihr manchmal türkischen Schnickschnack mit. Den orientalisch bunten Zimmerbrunnen schaltete sie aber nur an seinen Besuchsabenden ein.

Sie schlief bis tief in den Tag hinein, badete dann ausgiebig, trödelte im Hausanzug durch die Zweizimmerwohnung, naschte Süßes und Salziges. Sie kochte sich nichts, ging aber manchmal essen. Am Wochenende hatte sie frei.

Diese Tage unterschieden sich bis auf die Abendstunden in nichts von den anderen. Susanna sah viel fern, las kaum. Im Sommer ging sie ins Freibad. Im Winter shoppen. Einmal fuhr sie für eine Woche in Urlaub. Längere Abwesenheit glaubte sie sich nicht leisten zu können. Zu ihren Eltern hatte sie jeden Kontakt abgebrochen. Manchmal träumte Susanna, sie schaukelte auf einem winzigen Floß über Meerestiefen. Tagsüber wusste sie nichts von dem Traum.

Ab und zu vergaß sie, wo sie ihre Antibabypillenpackung abgelegt hatte. Suchte sie stundenlang in der kleinen Wohnung. Betrachtete sie dann nachdenklich, bevor sie sie schluckte. Fühlte nichts dabei.

Susanna war mittelgroß, mittelschlank, mittelblond. Kräftige Waden, breites Becken.

Eines Abends, nach anderthalb Jahren Verschlafen und Vertrödeln ihres Lebens, wurde sie von Ali misstrauisch gefragt, ob sie schwanger wäre.

Sie verneinte.

Nach seinem Abgang stellte sie sich im Bad vor den einzigen Spiegel ihrer Wohnung. Sie musste auf den Badewannenrand klettern, um seitlich ihren Bauch mustern zu können.

Der wölbte sich wie eine Kugel. Sie war Ende des vierten Monats, wurde ihr von der aufgesuchten Frauenärztin mitgeteilt. Susanna gab diese Information sachlich an alle drei Männer weiter.

Allen war klar, dass es für eine Abtreibung zu spät war.

Keiner wollte der Vater sein.

Jeder zahlte weiter, sie nahmen auch noch zwei Monate in Anspruch, was ihnen sexuell zustand. Aber sie fühlten sich für das Kind nicht verantwortlich.

Bei der Geburt gab Susanna `Vater unbekannt´ an.

Mit dem Kind versuchte sie, weiter wie bisher zu leben. Aber was sie sich scheinbar so mühelos aufgebaut hatte, wackelte und kippte wie ein Stuhl auf drei Beinen.

Sie konnte sich nicht bequem setzen und zurücklehnen. Im Gleichgewicht zu bleiben kostete Mühe. Noch zahlten die drei Männer.

Aber die Balance war gestört.

Was sie bei Susanna gesucht und gefunden hatten, unterschied sich von dem, was sie ihnen jetzt präsentierte.

Ein Kinderleben lang zahlen. Sie kamen sexuell nicht auf ihre Kosten.

Susanna war unwirsch und horchte immer mit einem Ohr nach ihrer Tochter. Keiner der Männer äußerte den Wunsch, eine Beziehung zu dem Kind aufzubauen, sie vermieden sogar, es anzusehen.

Der Netteste von den dreien war Ali, der vier eheliche Kinder hatte. Er piekte das Baby in den Bauch, kitzelte die runden Bäckchen, brachte mal eine Rassel mit. Er fühlte sich frei von Verantwortung, das Kind war blond mit blauen Augen.

Susanna nahm ihre Tochter auf, strich mit der Babybürste die hellen Flaumhärchen glatt. Die Kleine hatte auf dem Tisch ihre vorbereitete Milchflasche gesehen, krähte hell auf und wedelte mit den Armen.

Während Susanna ihre Tochter fütterte, dachte sie über den morgigen Tag nach. Sie würde zu ihren Eltern fahren.

Vor einem Monat hatte sie dort angerufen und über die Geburt eines Enkelkindes informiert.

Ihre Mutter hatte trocken reagiert. Wenn das Kind nun schon mal da ist, dann wollten sie es auch sehen. Ohne es einzuordnen, fühlte Susanna spontan ein Gefühl der Erleichterung. Sie hatte es der Reaktion ihrer Mutter zugeschrieben.

Ihre Tochter sog gierig mit geschlossenen Augen an dem Milchfläschchen, die Hände zu Fäusten geballt, ganz auf den

Überlebensakt konzentriert. Die Wärme des kompakten Säuglings ließ seinen milchsüßen Geruch zu Susanna frei. Ihre flüchtigen Augen saugten sich kuhruhig ohne Wimpernschlag an dem letzten verbleibenden Lichtstrahl in dem kleinen Raum fest.

Die Reaktion ihrer Mutter gab ihr Hoffnung, dass wenigstens ihre Eltern sich für die Existenz des Kindes verantwortlich fühlten.

*

„Vater hat noch Patienten!" Susanna stand vor der elterlichen Praxistür. Ihr dunkelblauer Wintermantel drückte die Schultern zusammen. Die Babytrage wog schwer. Uta–Pia schlief.

Susannas Mutter trat beiseite, ließ Tochter mit Enkeltochter eintreten. Ihr weißer Kittel roch nach Stärke und Praxismief, als sie sich über das Kind beugte.

„Proper!" sagte sie.

„Na, leg schon ab."

Susanna gehorchte, stolperte beim Aufnehmen der Babytrage, folgte ins Wohnzimmer. Der Mittagstisch war gedeckt, die Sitzplätze wie in ihrer Kindheit verteilt. Vaters Platz lag mit dem Rücken zur Terrassentür, Mutter und Tochter saßen seitlich daneben sich gegenüber.

„Es gibt Nudeln und Gulasch. Du weißt ja, der Praxisbetrieb. Da muss es schnell gehen."

Susanna wischte sich mit der Hand über die Nase. Trank Apfelsaft. War Kind. Hörte, wie die Mutter über Praxissorgen klagte.

„Wo bleibt Vater?" fragte sie.

Ihre Mutter sah kurz auf.

„Nimm doch Gulasch. Putenfleisch, weißt Du. Vater verträgt kein Schwein mehr. Und Rindfleisch kann man ja nicht mehr essen." Susanna sah durch die verschlossene Terrassentür in den Garten hinaus. Kahle Bäume zeigten traurig ihre zurück geschnittenen Äste.

„Hier ist ja noch nichts grün", sagte sie.

„Bist Du erkältet? Deine Stimme klingt so heiser. Vater wird Dir etwas verschreiben." Susannas Mutter aß konzentriert.

Eine Nudel, ein Stück Fleisch, etwas Soße.

Die graublonden Haare waren eng an den Kopf gekämmt, machten das Gesicht quadratisch.

Uta-Pia wimmerte im Schlaf. Susanna schaukelte die Babytrage.

„Wie heißt das Kind?" fragte die Mutter. „Utapia? Dann hättest Du sie doch gleich Utopia nennen können!"

Susanna konnte nicht mehr schlucken. „Lass sie in Ruhe!" sagte sie. Sie sprach so rau, dass ihr die Worte wie in Fetzen gerissen vorkamen.

Ihre Mutter hörte auf zu kauen. Blickte Susanna unter faltigen Lidern an. „Was willst Du dann hier? Weißt Du eigentlich, wie sehr Du uns enttäuscht hast? Dein jahrelanges Schweigen und dann plötzlich Dein Anruf! Bringst uns ein uneheliches Kind und lebst von Sozialhilfe. Und hier hattest Du alles. Wir haben Dir eine Praxis geboten. Du hättest nur einsteigen müssen. Vater wird alt. Wir werden die Praxis verkaufen. Aber wir sind Deine Eltern"

Susannas Mutter faltete sorgsam den Mund um ihre Worte: „Wir bieten Dir an, eine Ausbildung als Arzthelferin zu finanzieren. Vaters Auflage an den Praxiskäufer wird sein, Dich zu übernehmen. Um das Kind werde ich mich kümmern. Irgendwann wird es ja in den Kindergarten gehen!"

Der Mund von Susannas Mutter schwieg.

Susannas Augen sahen die Konturen des Esszimmers samt Mobiliar verschwimmen. Sie hatte das Gefühl, als schwömme sie auf einem kleinen Floß über Meerestiefen.

Sie war im Kreis gelaufen, war wieder genau dort angekommen, von wo sie aufgebrochen war. Ihr Leben hatte sich nur äußerlich von dem ihrer Eltern unterschieden - und nicht einmal das, wusste sie plötzlich.

Sie sah sich viele Jahre später auf dem Sofa sitzen, vor sich die leere Bildschirmfläche, und ihr ganzes Leben würde von ihrer Bewegungslosigkeit aufgesogen worden sein. So bequem war ihr die blaugraue Fühllosigkeit geworden, dass kein Schmerz, kein Kinderweinen mehr rote, grüne, gelbe Gefühlssaiten aufwimmern lassen würde. Schlimmeres konnte sie sich selbst nicht antun.

„Bring das Kind doch mal zur Ruhe!" sagte Susannas Mutter scharf.

Susanna registrierte, dass der hohe, sirrende Ton in ihrem Kopf das Geschrei ihrer Tochter war. Sie kniete sich, nahm sie auf, streifte ihr die Kapuze vom Kopf.

„Einen Vaterschaftstest", dachte sie, während sie das Kind wiegte, „einen Vaterschaftstest lass ich machen. Uta-Pia hat ein Recht darauf zu wissen, wer ihr Vater ist. Und vielleicht werde ich Kassiererin bei Aldi. Ich weiß nicht, ob ich das kann. Aber das ist nicht das Schlechteste. Wahrhaftig nicht das Schlechteste."

Susannas Mutter hatte das Esszimmer verlassen.

Uta-Pias Schreien jagte Schallwellen durch den Raum, wirbelte Unsichtbares durcheinander.

Nobelweihnacht

ଓ

Frau Oda Wätzl-Scholz stand mit ihrer Freundin vor dem geschmückten Weihnachtsbaum. Es standen noch andere Menschen da, ihre zwei Söhne mit jeweiligem Anhang, ihr Mann, der immer mehr zum Abbild des ersten Teils seines Nachnamens wurde und fünfzehn weitere Gäste.

Doch für Oda Wätzl-Scholz bestand die Welt im Moment ausschließlich aus ihrer Freundin Iris Gernhardt.

In ihrem Umfeld, und über dessen Grenzen hinaus existierten für Frau Wätzl-Scholz nur nebelhafte Vorstellungen, war Iris Gernhardt die Stil-Ikone. Sie war Besitzerin eines Einrichtungshauses, dessen Preise durchaus ein ausgefallenes Ambiente betonten, aber noch mehr das stolze Gefühl bei den Kunden erzeugte, sich solche Ausgaben leisten zu können.

Im Moment schwieg Frau Gernhardt.

Oda Wätzl-Scholz fühlte, wie der genossene Champagner mit Glück und Luft gefüllte Blasen in ihr hochblubbern ließ. Vorsichtshalber hielt sie ihren Mund geschlossen. Lauschte lächelnd mit seitlich geneigtem Kopf auf die Komplimente, die sie von ihren Gästen hörte.

Endlich sprach auch Iris Gernhardt.

„Wo hast Du das her?“

Die Worte sprangen aus Frau Wätzl-Scholz` Mund wie Knöpfe von einem zu engen Jackett.

„Ich habe extra den Sauli aus Köln einfliegen lassen, Du weißt schon, den Christbaumdesigner, der schon für die Lichtenfels – Hohensteins gearbeitet hat, und“, sie schöpfte Luft, „wir haben schon Monate vorher diese Idee ausgetüftelt. Also, ganz genau gesagt, es war meine Idee und die Clips zum Aufhängen habe ich auch entworfen.“

Ein streng parfümierter Haarschopf schob sich in Richtung Tannenbaum an ihnen vorbei. Der weibliche Gast ergriff eines der Weihnachtsbaumschmuckelemente.

„Das ist wirklich echter Zobel?“

„Selbstverständlich. Echte Zobelschwänze an vergoldete Clips gearbeitet. Ich habe sie selber entworfen.“ Frau Odas Stimme vibrierte vor Glück. Geld erwähnte man natürlich nicht, aber innerlich fügte sie hinzu, „sechsundzwanzigtausend Euro hat uns der Weihnachtsschmuck gekostet, ohne die Kosten für den Designer!“

Als hätte sie laut gesprochen, erntete sie von allen Seiten beifällige Blicke und Worte. Ihr Mann küsste ihr die Hand.

„Meine Oda“, verkündete er, „hatte schon immer eine künstlerische Ader.“

Frau Iris Gernhardt sprach zum zweiten Mal. „Vielleicht könnte ich Deine Idee nächstes Jahr in mein Weihnachtsprogramm einbauen. Wir sprechen noch darüber, Odalein.“

Beide Frauen hauchten sich Küsschen über die Wangen. Frau Wätzl-Scholz’ Wangen glühten. Sie hatte den Ritterschlag erhalten. Glücküberströmt bat sie zu Tisch.

Während die Hummerpastetchen serviert wurden, zündete eine der Aushilfskräfte die riesigen Wachskerzen am Weihnachtsbaum an. Der Diamantstaub, von dem Designer kunstvoll verblasen, funkelte auf den Ästen

Bei der ‚soupe à la reine' fiel eine der Kerzen aus der Halterung und sengte beim Hinuntergleiten durch die Äste einen Zobelschwanz an, der sofort zischend aufflackerte. Die Gäste schrien auf.

Das Dienstmädchen löschte umgehend mit einem bereitstehenden gefüllten Wassereimer.

Herr Wätzl-Scholz hielt eine kurze beruhigende Ansprache.

Die Gäste wandten sich dem ‚loup de mer' an Estragonschaum zu.

Frau Oda klopfte ihren Silikonbusen, um den Herzschlag zu normalisieren. Bevor sie sich wieder auf den Inhalt ihres Tellers konzentrieren konnte, fiel ihr der starrblaue Blick von Frau Gernhardt auf, die ihr direkt gegenüber saß.

„Was ist denn, Iris?“ fragte sie.

Unbehaglich prüfte sie mit einem Finger ihr angeblich faltenverdeckendes Make-up.

„Pelz verbrennt nicht so schnell!“ sagte Frau Gernhardt knapp.

„Wie meinst Du?“ Frau Wätzl-Scholz witterte Unheil.

„Ich sagte, Pelz brennt nicht sofort lichterloh. Das muss Kunstpelz sein!“

Frau Oda blickte um sich. Alle sprachen munter dem Champagner zu. Ihre Söhne mit den zwei Begleiterinnen hatten schon fast eine Flasche Wodka geleert. Keiner achtete auf das Gespräch mit ihrer Freundin.

„Ich habe Zobel bestellt und bezahlt“, sagte sie fest.

Die von den Kerzen in den hohen Leuchtern aufsteigende Luft flimmerte vor ihre Augen.

„Dann hat Dich jemand reingelegt. Echter Pelz fängt nicht so schnell Feuer und verbrennt so schnell. Zisssch!"

Frau Gernhardt wies mit einer dramatischen Geste in Richtung Baum. Frau Oda Wätzl-Scholz blickte auf den vor ihr hingestellten Teller mit den garnierten Rehkeulenscheibchen.

„Bist Du Dir sicher, Iris?"

„Ich kenne doch Pelz!"

„Dann hat mir der Schwanz falsche Schweine verkauft!"

Frau Oda Wätz-Scholz' Aufregung ließ ihre Zunge stottern, sie die Worte verwechseln. In Iris Gernhardts Mundwinkeln nistete ein winziges Lächeln.

„Nicht so laut, Oda. Das Geheimnis bleibt unter uns. Übrigens, von wem hast Du das Menü liefern lassen?"

„Von Käfer!"

Schon als sie die Worte aussprach, wusste Frau Wätzl-Scholz, dass das ein Fehler gewesen war.

„Dallmayr ist angesagter. Vor allem nach dem letzten Artikel im Magazin der 'Süddeutschen'."

Herr Wätzl-Scholz duldete die 'Süddeutsche' nicht in seinem Haus. In Frau Odas Herzen war jegliche Weihnachtsfreude erloschen.

Im Hintergrund jubelten die drei Tenöre. Herr Wätzl-Scholz pries seine herrliche Anlage. Während Frau Oda ihre Eisbombe aß, sinnierte sie über das Jesuskind. Warum dieses ausgerechnet am vierundzwanzigsten Dezember geboren sein musste, war ihr ein Rätsel. Sie hatte nur Stress davon.

Und Lug und Trug.

„Ach, Iris", seufzte Frau Oda Wätzl – Scholz in tiefer emotionaler Aufgewühltheit und griff über den Tisch nach der Hand ihrer Freundin, „gut, dass ich Dich habe!"

Beautiful Girls

ଔ

Lisa-Marie galt schon immer als besonders hübsches Mädchen. Schon mit neun Monaten pries sie zahn- und sprachlos Säuglingsfertignahrung an. Aus der Babyphase wuchs eine routiniert vor der Kamera agierende Zwei-, Drei-, Vierjährige heran.

Als sie in die Schule kam, griff ihr Vater ein und verbot rigoros jegliche Kinderarbeit in der Werbe- und Filmbranche.

Lisa-Maries Mutter kämpfte drei Jahre für die Interessen ihres Kindes. Vergeblich, der Vater blieb hart und hielt eine kontinuierlich durchgezogene Schulzeit für wichtiger als kleine Auftritte vor der Kamera. Dabei hätte Lisa-Marie als Kind einer der berühmtesten deutschen Schauspielerinnen im „Tatort" auftreten können, schluchzte ihre Mutter ins Telefon.

Deren sich teilnahmsvoll gebende Freundin hielt Mutter wie Tochter für eingebildete Zicken, gleichzeitig wünschte sie sich, dass sich die spärlichen mausbraunen Haare ihrer Tochter genau so locken würden wie die goldblonde Mähne von Lisa-Marie.

Dass deren Mutter Eve dieser Haarfarbe schon seit frühen Kindertagen mit Tönungscreme nachhalf, wusste nicht einmal Lisa-Marie selber.

Alle vier Wochen wurden ihre Haare eben besonders gründlich gepflegt. Denn Mami hatte sie ja lieb. Lieber als Papa. Lisa-

Marie verstand, dass sich ihre Mutter aus diesem Grund von Papa trennen musste.

So wurde aus der zierlichen, unscheinbaren Eve eine massiv wirkende Frau in mittleren Jahren, deren sorgenvoller Blick sich nur erhellte, wenn sie einen Foto- oder Drehtermin für ihre heranwachsende Tochter unterschreiben konnte.

Eve und Lisa-Marie glaubten, dass sie nur für ihre Tochter lebte. Sie verkaufte sogar einen Teil ihres Schmucks, um Lisa-Marie eine Akne-Behandlung bei einem Hautspezialisten zu bezahlen.

Das war eine harte Zeit. Die Pickel blühten, Lisa-Marie fing an, ihre von der Mutter zusammengestellte Diät zu durchbrechen und aß heimlich. Sie wurde eine normalgewichtige Jugendliche, immer noch auffallend hübsch, aber keine Agentur wollte sie mit Aknepickeln buchen.

Sie verliebte sich. Das Pärchen hielt Händchen, knutschte, die Pickel verschwanden. Lisa-Marie war überglücklich, fing vor den Augen ihres Freundes mit einem anderen Typen zu kokettieren an und erlitt den Schock ihres Lebens, als ihr Freund sie nicht mehr wollte und der andere auch nicht.

Mama fing sie auf.

Der Rückprall von der Berührung mit dem realen Leben ließ auf Lisa-Maries poliertem Äußeren einen kleinen Kratzer zurück. Sie schluchzte Tag und Nacht und hielt es für Liebeskummer.

Eve föhnte ihr die Haare, forschte auf dem Zeitschriftenmarkt nach brandneuen Diäten sowie Kosmetiktipps und entdeckte ein aufsehenerregendes neues Projekt: Deutschland suchte dringend ein Supermodel.

Und Lisa-Marie war da.

Sie gehörte auf diesen Platz.

Beide Frauen waren davon überzeugt. Es gab nur zwei Hindernisse, die zu überwinden waren. Lisa-Marie musste sich von ihren angefutterten sechzig Kilo bei 1,74 m Größe auf mindestens vierundfünfzig Kilo herunterhungern und die Schule war zu überzeugen, ihr zu mehreren Präsentationsterminen frei zu geben.

Nachdem Lisa-Marie sich über diverse Vorrunden zu einem übrig gebliebenen Kern von zwölf Mädchen vor gearbeitet hatte, stellte sich ihr Schuldirektor quer und weigerte sich, sich, sie drei Monate zu beurlauben, zumal ihre schlechten Schulleistungen zu einer Klassenwiederholung geführt hatten.

Zehn Jahre Karriereunterbrechung wegen Schule reichten ja wohl, sagte Eve zu ihrer Tochter.

Der Groll auf ihren geschiedenen Mann klang immer noch durch. Lisa-Marie hatte seit Jahren kaum noch Kontakt zu ihrem Vater. Außer einem Anruf zu ihrem Geburtstag hörten beide nichts von einander. Lisa-Marie war es recht. Sie hatte so oft gehört, dass er ihre frühe Karriere zerstört habe, dass die Beendigung ihrer schulischen Ausbildung in der neunten Klasse ihr wie eine späte Rache an ihrem Vater und seinem egoistischen Verhalten erschien.

Die zwölf Mädchen, die sich zu dem harten Kandidatinnen-Kern durch gearbeitet hatten, wurden in einer Art Camp zusammengepfercht und mussten in Viererzimmern zusammen schlafen. Ihre Wohnnachbarinnen konnten sie sich nicht aussuchen, sondern sie wurden von der Jury zusammengestellt.

Den Vorsitz der Jury führte ein abgehalftertes Ex-Model, dessen Spezialität darin bestand, mit einem absolut regungslosen Gesicht Küsschen zu verteilen oder ebenso marmorkalt hämische Kommentare der restlichen Jurymitglieder über die Mädchen zu verlesen.

Deren Aufgaben waren es, zu laufen, Kleider schnell aus- und anzuziehen, ausdruckslos zu gucken und unter einer dies alles dokumentierenden Kamera zu leben.

Die drei übrigen, schwulen Mitglieder der Jury kommentierten diese Tätigkeiten, als ob es sich um lebensnotwendige Fähigkeiten zur Arterhaltung handele.

Aber manche Forderungen stellen einen wirklich vor harte Aufgaben, dachte sich Lisa-Marie. Wie sollte sie die Empfehlung der Jury, noch zwei Kilo abzunehmen, verbunden mit der kaum verhüllten Drohung, sonst bei der nächsten Runde herauszufliegen, mit der strikten Anweisung verbinden, vor der Kamera tüchtig zu essen?

Die Zuschauer des Privatsenders sollten sich überzeugen können, dass an dem Gerücht über den Abnehmwahn in der Model-Welt nichts, aber gar nichts dran war.

So lieferten Cateringfirmen und Pizzadienste tonnenweise Lebensmittel in das Modelcamp.

Erst probierte Lisa-Marie den Trick einer Kollegin, nur das zu bestellen, was sie überhaupt nicht gerne aß und so automatisch die Nahrungszufuhr zu begrenzen. Aber nachdem sie zweimal nach Sardellenpizza vor Ekel das große Würgen überkommen hatte, beschloss sie, es wie zwei andere Mädchen zu machen. Sie aß Sachen, die ihr schmeckten und kotzte sie hinterher raus. Einmal wenigstens wollte sie was von der Sache haben, dachte sie trotzig. Und ihre Zähne waren gesund und makellos weiß. Dass irgendwelche Säuren sie angreifen sollten, konnte sie sich nicht vorstellen. Das wäre allerdings schlimm gewesen, die restlichen Konsequenzen waren ihr egal. Das Gewicht stimmte, sie war jung und sah gut aus. Mit ihren knapp siebzehn Jahren war sie die Jüngste. Eins der Mädchen war sogar schon vierundzwanzig! Im Sonnenlicht sah man deren Augenfältchen. Lisa-Marie schauderte, zückte ihr beauty-case und klopfte sich etwas super-moisture-eye-cream ein.

Dann begann ihr Part. Die restlichen acht Mädchen, jede Woche wurde eins durch Zuschauervotum herausgewählt, sollten auf einem schmalen Steg über einem Swimming-Pool Bademode präsentieren.

Auf dem Ende des Schwimmstegs verlangte es die Aufgabe mit einem grazilen Hüftschwung einen Hula-Hoop-Reifen herumzuwirbeln, zurückzustöckeln und den Reifen der nächsten Kandidatin zu überreichen.

Lisa-Marie dachte voller Schadenfreude an die beiden Konkurrentinnen vor ihr, die ins Wasser gefallen waren, als sie den Reifen dem nächsten Mädchen übergaben. Aber Vorsorge konnte nicht schaden und so hielt sie den Reifen, nachdem die immer etwas dümmlich lächelnde Hamburgerin mit den staksigen Beinen ihn übernommen hatte, noch etwas fest, stieß ihn dann ruckhaft nach vorne. Blitzschnell wandte sie ihr dann den Rücken zu und konnte nur hören, wie diese auf dem Steg strauchelte und gleich darauf ins Wasser fiel.

Am Abend wurde Lisa-Marie vor die Jury zitiert.

Helga, so hieß das Ex-Model, verteilte zuerst die obligatorischen Küsschen, wechselte dann zu einer tragischen Miene.

„Wir müssen mit dir reden!“, begann sie. Ihre Haare, die sonst zu einer altmodisch wirkenden Wallemähne aufgeföhnt wurden, waren diesmal von einem anderen Jurymitglied, dem Hair-Stylisten, zu vielen kleinen aufgerollten Zopfschnecken hochgesteckt worden.

„Sie ist zu alt für so eine Frisur“, dachte Lisa-Marie hämisch. Alle Mädchen versicherten sich immer gegenseitig, wie süß und vollkommen sie Helga fänden und sie belauerten sich gegenseitig, ob nicht eine endlich mal zugeben würde, dass Helgas Glanzzeiten schon längst vorbei waren.

Lisa-Marie setzte eine bestürzte Miene auf. Nie würde sie zugeben, an dem Reifen gerissen zu haben.

„Ja“, hauchte sie mit runden Augen und geschürztem Mund. Die Kamera lief ja. Ihre Unterlippe vibrierte.

„Uns ist zu Ohren gekommen“, deklamierte Helga, „dass einige Mädchen die Anforderungen der Jury zu hoch finden. Wie stehst du dazu?“

Lisa-Marie fing vor Erleichterung an zu weinen. Sie beteuerte unter Tränen, ja sie legte die rechte Hand auf ihr Herz, dass ihr nie, niemals, eine derartige Äußerung entschlüpft sei.

„Wer von euch Mädchen könnte so undankbar sein?“ fragte Helga mit stahlhartem Blick.

„Niemand, keine, bestimmt nicht!“ wand sich Lisa-Marie. Innerlich war sie inzwischen ganz ruhig geworden, ihr kleiner Rückenstoß war anscheinend unbemerkt geblieben.

„Ich mach dich darauf aufmerksam, dass wir Jurymitglieder Loyalität von euch erwarten. Wir tun so viel für eure Zukunft.“

Helga blickte über Lisa-Maries Kopf hinweg wie in eine schimmernd vor ihr aufsteigende Zeit.

„Kannst du uns versichern, dass niemals eines der Mädchen eine derartige Bemerkung gemacht hat?“ wandte sie ihre eng umrandeten Augen wieder Lisa-Marie zu. Helgas leicht quäkende Stimme passte schlecht zu dem Tonfall einer Tragödin.

Lisa-Marie konnte und wollte nicht lügen. Unter einem erneuten Tränenstrom nannte sie den Namen des Mädchens, das sie als schärfste Konkurrentin empfand. Diese war eine temperamentvolle Münchnerin, deren Ähnlichkeit mit einer berühmten spanischen Schauspielerin die blonden Mädchen, die in der Überzahl waren, neidisch werden ließ.

Helga machte eine verabschiedende Geste.

Lisa-Marie schlich aus dem Juryzimmer. Ihr war klar, dass die anderen Mädchen die Kameraaufzeichnungen zu sehen bekommen würden. Die zerlaufene Wimperntusche als Beweis für ihre Seelenqualen vor sich hintragend, stürmte sie in ihren Wohnbereich, wo die anderen Mädchen ihr erwartungsvoll entgegensahen.

„Sie haben mich gezwungen“, schluchzte sie und umarmte die schöne Münchnerin. Beide Mädchen küssten sich und sahen sich hasserfüllt an.

Lisa-Marie wurde als sechstes Mädchen herausgewählt. Ihrer Karriere schadete dies nicht. Sie ist gut im Geschäft.

Mit ihrer Mutter hat sie keinen Kontakt mehr.

Nach ihrem achtzehnten Geburtstag war sie froh, deren lästige Kontrolle über ihre Verträge und Einkünfte los zu sein. Mit ihrem Gewicht hat sie keine Probleme mehr.

Sie weiß jetzt, wie einfach es ist, gar nichts mehr zu essen.

„Eine Rose ist eine Rose ist eine Rose“ *

ଓ

„Was bringst du mir heute?“ fragte sie.

„Rate!“ Er hielt ihr einen roten Rosenstrauch entgegen. Die dunkelgrünen Blätter raschelten vor Frische.

„Oh, wie schön! Duften sie?“

Eine dicke Herpeskruste zog sich von ihrer Nase seitlich über den Mundwinkel bis zum Kinn herunter. Das zarte Gesicht wirkte dadurch asymmetrisch verzogen.

Er schnupperte in die Rosen hinein. „Ganz leicht. Aber ich habe sowieso nicht so einen feinen Geruchssinn wie du. Du würdest mehr riechen!“

„Ja“, sie deutete auf den weißlackierten Beistelltisch, „diese Heckenrosen roch ich vor drei Tagen noch ganz intensiv. Jetzt, wegen dieses blöden Herpes …“, ihr Mund wurde durch die Kruste schmollend verzogen.

Er suchte eine Vase, füllte sie am Waschbecken.

„Die Stiele sind zu lang, soll ich sie kürzen?“ Er sah sie fragend an.

„Lass! Ich mag lange Stiele.“

„Ja, so kenne ich meine Süße.“

„Dann weißt du im Moment mehr als ich“.

* Zitat Gertrude Stein

Das Lachen schmerzte.

„Was bedeutet mir der Moment? Der geht vorüber. Alles Andere ist da und wird immer da sein."

„Meinst du?"

„Mein ganzes Leben lang."

Ihre Hand lag in seiner.

„Mein ganzes Leben lang", wiederholte sie. Sie schloss die Augen, riss sie wieder auf.

„Lass doch die Rosen nicht am Boden steh' n, ich möchte sie sehen können."

„Wo soll ich sie denn hinstellen?"

„Dort auf die Fensterbank, neben den weißen Rosenstrauß. Der sah so makellos aus", schloss sie betrübt.

„Rosen wachsen immer wieder nach", sagte er und musterte die schlaffen Köpfe.

„Morgen!" sagte er in einem Entschluss laut zu sich.

„Was ist morgen?" fragte sie leise.

„Alles, was du willst".

„Was ich will", hauchte sie.

Unter der durchscheinenden Liderhaut wölbten sich die tief in den Höhlen liegenden Augäpfel.

Er beobachtete ihr Gesicht. Langsam ließ das unruhige Hin- und Herwandern der Augen nach. Mehrere Minuten lang atmete sie friedlich. Auch im Schlaf verzerrte die schwere Herpeskruste ihren ruhigen Mund zu einem traurigen Bogen. Plötzlich, ohne Übergang schlug sie die Augen auf.

„Ich habe so einen Hunger", sagte sie herzhaft.

Er beugte sich über sie.

„Was möchtest du denn?"

„Rinderfilet!"

„Ja, natürlich, Rinderfilet. Mit Champignons und Kroketten."

„Nein, du Dummerchen, selbstverständlich mit Steinpilzen. Oder Pfifferlingen? Ach! Immer diese Probleme", ihre Stimme sank. Behutsam ordnete er die Schläuche über ihrer Hand.

„Wir haben nichts Besseres zu tun", sagte er.

„Ich nicht, aber du vielleicht?" sorgte sie sich.

„Mit dir über Pfifferlinge oder Champignons reden, ist alles, was ich will". Zärtlich legte er ihre Hand auf die Bettdecke, streichelte sie.

„Die schönsten Hände der Hände der Welt."

Sie äugte misstrauisch.

„Die sind so dünn geworden. Richtig mager. Hässliche alte Venen."

Er lachte.

„Wie können sie das sein, wenn du jung und schön bist?"

„Aber nur für dich."

„Dann bist du es."

„Ja, das stimmt."

Stille. Das Piepsen der Monitore. Hand in Hand.

Durch das offen stehende Fenster wölbte ein Windhauch die Gardine bauschig auf. Eine in den Falten gefangene Fliege begann zu summen. Sommerlicht flutete in einem breiten Streifen herein und legte sich über ihr Gesicht. Sie verzog den Mund, wölbte die Hand schützend über die Augen und begann, stoßweise zu schluchzen.

Sachte wischte er ihre Tränen weg, während seine eigenen zu tropfen begannen.

„Wisch mir nicht meine Augenbrauen weg", sagte sie ungeduldig, während er blind vor Tränen in ihrem Gesicht herumtastete.

„Augenbrauen waren immer so selbstverständlich. Manchmal sogar lästig, wenn sie wieder gezupft werden mussten", konstatierte sie mit einem Nachklang der Verwunderung über die Krankheit, die sie ihren jetzigen Zustand gebracht hatte. „Und nun sind sie weg und ich muss sie mir aufmalen!" Anklagend stieß ihr Zeigefinger hoch.

„Soll ich dir etwas vorlesen?" fragte er in dem Wunsch, sie und sich abzulenken.

„Nein", jetzt klang ihre Stimme eindeutig zänkisch, „ich will mich nicht mit dem Leben anderer beschäftigen. Ich habe mit meinem genug zu tun."

„Vielleicht etwas zu trinken?" bot er weiterhin Trost an, der keiner sein konnte.

Der Saftbecher wurde akzeptiert. Sie lehnte sich in seine Arme. „Bin ich dir nicht zu schwer?"

„Und wenn du das Doppelte wiegen würdest", verwahrte er sich feurig, brach dann ab.

„Ich weiß, was du denkst", kicherte sie, „wog ich ja fast einmal."

Er dachte nach. „Na, das denn doch nicht!"

Sehr sachlich kam das. Eine konkrete Aussage, an der man sich festhalten konnte. Wenn das ganze Leben zusammenbrach.

In einer plötzlichen Gefühlsaufwallung vergrub er das Gesicht in ihren Händen. Jetzt brauchte er ihren Trost.

Und es war wie immer. Wenn einer Zuspruch brauchte, stand der Andere für ihn ein. Ein bitterer Frieden hielt Einzug, ließ die in dem sinkenden Sonnenlicht scharf erscheinenden Schatten milder wirken.

„Im Moment bin ich wunschlos glücklich."

Diesmal störte sie das auf ihrem Gesicht spielende Sonnenlicht nicht.

„In den alten Zeiten, als das Wünschen noch half …“, zitierte er.

„Ja“, freute sie sich, „erzähl mir ein Märchen.“

Still lauschte sie der Geschichte vom Bauern und seiner Frau, die drei Wünsche frei hatten. Die Frau wünschte sich eine Bratwurst, vor Wut über die vertane Möglichkeit fluchte der Bauer, dass sie ihr auf dem Rücken festwüchse, und so verbrauchten sie den dritten Wunsch, um sie wieder weg zu zaubern.

Sie kicherte. „Ja, so geht' s! Aber einen Wunsch habe ich doch. Wann kommt denn endlich unser Sohn?“

„Er wird morgen eintreffen. Von Neuseeland ist es eben doch ein langer Flug.“

„Und hier wird er auch neues Land sehen. Ob er mich überhaupt wiedererkennt?“

„Du wirst doch nicht bezweifeln, dass er seine Mutter wiedererkennt!“

„Niemals hätte ich gedacht, dass unser Kind Winzer in Neuseeland wird“, sagte sie versonnen, mit einem tiefen Blick in die Vergangenheit.

„Er kam mir immer ganz stürmisch aus dem Kindergarten entgegen gelaufen. So schnell, dass seine Haare flatterten.“

Einer der Überwachungsmonitore fing laut an zu piepsen.

„Ich glaube, ich hole mal einen Arzt“, sagte er, mit einem Blick darauf.

„Ja, tu das.“ Sie schloss die Augen.

„Ich bin so müde. Und ich freue mich auf morgen.“

In dieser Nacht starb sie.

Die weißen Rosen senkten ihre Köpfe.

Die roten Rosen glühten.

Westerwälder Schinken

☙

Mit zwei Koffern und einem Riesen-Fresspaket kam Leonie in Frankfurt an. Sie hatte sich nicht gegen ihre Großmutter durchsetzen können, die seit Wochen ihren Ängsten Ausdruck gab, Leonie könnte in der Großstadt nicht nur unter die Räder geraten, sondern auch verhungern.

Beinahe hätte ihre Enkelin dem Impuls nachgegeben, den mit Strippen umwickelten Karton im Gepäcknetz stehenzulassen. Doch ihre geliebte Omi hatte ihr im letzten Moment 250 von ihrer knappen Rente abgezwackte Euros zugesteckt, und Leonies Gewissen ließ ein so schäbiges Vorgehen nicht zu.

Im Frankfurter Bahnhof angekommen traute sie sich mit ihrem sperrigen Gepäck nicht zu, sich im verzwickten S-Bahn-System zurechtzufinden und nahm ein Taxi nach Bockenheim.

„Sophienstraße, bitte!" sagte sie zu dem mürrischen Fahrer.

Während der zehnminütigen Fahrt schlug ihr das Herz hart gegen die Rippen. Von der Wohngemeinschaft, in der sie künftig hausen würde, kannte sie nur einen Mitbewohner, Antonio, der ihr das Zimmer vermietet hatte.

„Ich studiere Medizin", hatte er verkündet und damit sofort ihre Eltern für sich eingenommen, die zur Wohnungssuche mitgekommen waren.

Den größeren Ausschlag, ein Zimmer in dieser WG zu mieten, gab allerdings seine Aussage, seine Freundin Donatella wohne noch bei ihren Eltern. Dass sie häufig bei ihm schlief, verschwieg er. Solche Keuschheit empfahl Leonies Eltern diese Wohngemeinschaft und so war sie jetzt im Besitz eines Zimmers mit hoher Stuckdecke und Parkettboden.

Die sanitären Verhältnisse waren allerdings bescheiden. Eine rissige Badewanne und ein müffelndes WC rundeten mit einer Waschmaschine den Wellnessbereich für die vier Studenten ab.

„Wie mögen die beiden anderen sein?" träumte Leonie vor sich hin.

Das Taxi hielt. Der Fahrer stand in zweiter Reihe, trieb Leonie zur Eile an und trug ihr das Gepäck nicht zur Eingangstür.

Sie klingelte.

„Der stoffelige Banause, der!" Sie schnaufte sich die Treppen hoch.

„Warte, ich helfe dir!"

Eine schlanke Silhouette kam ihr entgegen, griff sich einen Koffer.

Warmes Licht empfing sie im Flur.

Die Freundliche wandte sich ihr zu. „War's das?" fragte sie.

„Unten steht noch ein Karton!"

„Ich hole ihn dir. Geh schon mal in dein Zimmer."

Leonie rumpelte mit ihrem Koffer die Tür auf. Auf ihrem Schreibtisch stand ein großer Strauß Astern.

„Das ist aber nett!" sagte sie laut.

„Die habe ich von meinen Eltern mitgebracht. Ich dachte, wenn wir uns gut bei dir einführen, klappt' s umgedreht genauso. Was hast du eigentlich in diesem Karton? Das klirrt so!"

„Eingemachtes Obst, Gurken und so", sagte Leonie verlegen.

Die Andere sah sie neugierig an, äußerte aber nichts.

„Und eine Flasche Schnaps“, fügte Leonie hinzu. Sie fühlte, wie ihr Gesicht glühte.

Ihre Mitbewohnerin lachte hellauf.

„Zum Einstand, was? Na gut, ich bin Therese, genannt Tessi. Wag' Tussi nicht einmal zu denken“, sagte sie mit drohendem Unterton.

Leonie schüttelte ihr die Hand.

„Danke!“ sagte sie aus vollem Herzen.

„Ich sehe schon“, sagte Tessi, „du bist eine wirkliche Bereicherung unserer Wohneinheit!“

Später hörte Leonie ähnliche Kommentare von den beiden männlichen Mitbewohnern.

„Was ist denn das für ein Megaschinken?“ Antonio kaute, schnappte sich noch eine Scheibe.

„Den räuchern meine Eltern selber!“ sagte Leonie, „hier probier die Gurken dazu.“

„Nä“, dröhnte Antonio, „keine Gurken, aber der Schnaps ist super. Auch selbst geräuchert?“

Der vierte Mitbewohner, Ben, lachte. „Tonio, dein Medizinscheiß versaut dir das Gehirn. Aber“, er wandte sich Leonie zu, „der Schinken ist wirklich gut. Wo kommst du eigentlich her?“

„Aus dem Westerwald, aus einem kleinen Ort in der Nähe von Montabaur“, sagte Leonie, bemüht, Westerwälder Dialektklippen zu vermeiden.

Ben zog ihr den Boden unter den Füßen weg. Er sah aus wie Robbie Williams. Sie musste ihn ständig von der Seite ansehen. Unauffällig, hoffte sie.

Sie, Leonie, aus einem Nest im Westerwald, saß an einem Tisch mit Robbie Williams.

Wenn sie später an ihren ersten Monat in Frankfurt dachte, erschien es ihr, als wäre sie wie ein Schmetterling gewesen, der in einem neuen Garten voller fremder Blumen der verschiedensten Farben, Formen und Düfte herumflatterte, ohne davon tiefere Eindrücke zu behalten. Denn sie, der Schmetterling, war immer nur auf der Suche nach einer einzigen Blume.

„Lass dich nicht auf Ben ein", warnte Tessi, „der legt sämtliche Weiber flach."

„Außerdem", sprach die Psychologiestudentin und angehende Psychoanalytikerin Tessi, „du stehst auf Ben, weil er aussieht wie Robbie Williams. Er ist es aber nicht. Also magst du ihn für etwas, was er nicht ist."

Es nützte nichts.

Wie in Trance und dadurch völlig angstfrei lernte Leonie das S-Bahn-System zu benutzen. Wenn sie wie alle Erstsemester sich im Pulk von Vorlesungen zu Seminaren begab, nahm sie von ihren Mitstudenten kaum etwas wahr.

Als eine Kommilitonin von dem jungen Romanistikdozenten schwärmte, „der ist so süß, aber leider verheiratet", sagte Leonie geistesabwesend, „Das würde mich nicht stören."

Völlig verblüfft starrte die junge Frau sie an.

Leonie wirkte so brav. Sie schminkte sich nicht, trug die blonden Haare immer fest im Nacken gebündelt. Außerdem unterschied sich ihr kerniges Westerwälder Hessisch deutlich von der leichtzüngigen Frankfurter Aussprache.

„Hast du denn schon einen Freund gehabt" fragte Tessi sie bei einem vertraulichen Teegespräch am Abend.

„Na klar! Ich habe sogar schon einen Heiratsantrag bekommen. Wenn du denkst, wir Mädchen aus der Provinz hätten's nicht drauf, dann irrst du dich", ereiferte sich Leonie. „Wir sind mit den biologischen Tatsachen bestens vertraut. Wenn du einmal gesehen hast, wie ein Hengst zu einer rossigen Stute gebracht wird …“, ihre Augen glänzten.

Tessi prustete vor Lachen den Mango-Ingwer Tee aus.

„Deine rossigen Stuten stehen ja auch nicht auf Pop-Stars, so wie du. Ganz ehrlich“, sie wischte den Tee auf, „fällt dir nicht auf, was für ein Schmarotzer Ben sein kann?“

Das stimmte.

Jeder von ihnen spendierte mal was für die Gemeinschaft, sei es eine Flasche Wein oder eine Einladung zum selbstgekochten Essen.

Ben tat das nie.

„Typisch BWLer“, kommentierte Antonio. Die beiden Männer kamen zwar miteinander aus, mochten sich aber nicht sonderlich. Ben pflegte Tonios Freundin Donatella anzumachen, ohne sich an dessen Gegenwart zu stören.

„Heiße Frau, ganz heiße Frau!“ tönte er, tätschelte ihre Schulter.

Donatella warf ungeduldig ihre Mähne auf die andere Seite. Sie war ein pragmatisches junges Mädchen, fest mit ihrer aus Italien stammenden Familie verbunden und wusste, was sie wollte. Auf keinen Fall so einen Aufreißertypen wie Ben.

Nachdem Donatella ihm die kalte Schulter gezeigt hatte, wandte Ben sich Leonie zu. „Vielleicht zeigt sich unser Westerwälder Sahneschnittchen etwas cremiger?“ murmelte er in ihren Nacken hinein.

Leonie fühlte sich hin- und hergerissen. Einerseits missfiel es ihr, als Ersatz für eine Andere angemacht zu werden, andererseits fühlte sie ein lustvolles Ziehen im Unterleib.

Ben spürte ihre nachgiebige Reaktion.

„Verlassen wir diese langweilige Gesellschaft und gehen etwas trinken? Ich kenne eine Bar mit den angesagtesten Cocktails."

Leonie wollte.

In ihrem Zimmer zog sie ein T-Shirt an, dessen tiefer Ausschnitt ihre runden Brüste zur Hälfte darbot. Die naturblonden schulterlangen Haare trug sie zum ersten Mal offen.

„Wow!" staunte Ben, als er Leonie so zu Gesicht bekam, „sehe ich sogar Lippenstift auf diesem Mund? Heiße Frau!"

Leonie lächelte.

Sie behielt ihr Lächeln in der überfüllten Bar, wo sie nur zu einem Thekenplatz kamen. Sie freute sich über die lauwarmen, für ihren Geschmack viel zu süßen Cocktails (jeder gab dem anderen einen aus) und sie lächelte auf dem Heimweg, als Ben sie küsste.

Der Sex mit ihm war wie die Cocktails.

Nach seinem Orgasmus rollte er sich von ihr, entfernte das Kondom und wandte sich von ihr ab, um sich eine Zigarette zu rollen.

Leonie lag völlig verblüfft neben ihm und wartete auf eine zärtliche Berührung oder ein vertrauliches Wort.

Als gar nichts von ihm kam, wandte Leonie sich von Ben ab und begann sich von seinem niedrigen Bett aufzusetzen.

Plötzlich spürte sie einen derben Kniff an ihrem Hintern.

„Westerwälder Schinken!" sagte er.

„Topmodel“, Aquarell 2009

Prickelwasser

ꝏ

Ferdinand blickte zufrieden in die Runde. Er hatte gerufen und alle waren gekommen. Ferdinand wollte sie sehen und sie wollten etwas von ihm haben. Er wusste, was sie bekommen würden.

Zunächst einmal gab es Champagner. Champagner zum pikanten Blätterteigkonfekt, zur Perlhuhnconsommé, selbst zum Rinderfilet mit Morcheln ließ Ferdinand unerschütterlich Champagner reichen.

Seine Mutter liebte dieses Getränk. Vom „Prickelwasser", wie sie es nannte, trank sie allabendlich eine kleine Flasche! Seitdem sie fünfundsiebzig war. Vor kurzem hatte sie ihren fünfundneunzigsten Geburtstag gefeiert. Selbstverständlich mit Champagner. Da ihr Freundeskreis in den letzten Jahren sehr geschrumpft war, hatte Ferdinand nicht tief in die Tasche greifen müssen, obwohl er sich dies durchaus leisten konnte.

Das war auch seiner herbeigeeilten Verwandtschaft bekannt.

Ferdinand war großzügig. Er finanzierte hier ein Studium, half dort beim Hausbau, gab Starthilfe zum Praxisaufbau eines Großneffen, der seine Ausbildung zum Physiotherapeuten erfolgreich abgeschlossen hatte. Aber die Verwandtenmeute hatte Blut geleckt. Sie witterte noch mehr.

Ferdinand war siebzig Jahre alt. Seine Frau Sylvie war gerade achtundfünfzig geworden.

„Mit Nachwuchs wird das nichts mehr. Außer er nimmt sich eine Jüngere!“ hatte Ferdinands älterer Bruder Richard zu seiner Frau Denise bemerkt. Sie beruhigte ihn: „Ferdinand ist eine treue Seele. Und ein Trottel, “ fügte sie innerlich hinzu. Wie konnte ein so erfolgreicher Mensch sich mit einer so hohlen Nuss wie dieser Sylvie begnügen?

Ferdinand wusste, was seine Verwandtschaft sich für Gedanken um ihn und Sylvie machte. Er blickte zu seiner Frau, die ihm gegenüber saß.

Ihr Rosenhut warf einen milden Schatten auf ihr Gesicht. Durch die Botoxspritzen besaß es einen runden, erstaunten Augenausdruck sowie ein permanentes Heben der Mundwinkel, was ihr das Aussehen einer ältlichen Puppe verlieh, die gleich „Mama“ sagen würde.

Sie war arbeitslose Bäckereifachverkäuferin gewesen als sie sich vor siebenundzwanzig Jahren in seiner Cateringfirma als Aushilfe beworben hatte. Seit sechsundzwanzig Jahren waren sie verheiratet. Seine Firma lief damals schon recht gut, hatte aber längst nicht die Ausmaße, die sie heute hatte.

Ferdinand wusste, dass Sylvie ihn nicht seines Geldes wegen geheiratet hatte. Sie war viel zu gutmütig, um geldgierig zu sein.

„Zu dumm, um sich ein Rezept für Hefeteig zu merken“, hatte seine Schwester Margot einmal über sie geäußert. Natürlich war die Bemerkung Ferdinand hintertragen worden.

Er hatte gelacht: „Hauptsache, ich kann das!“

Bis zu seinem achtunddreißigsten Lebensjahr hatte er als Bäcker gearbeitet. Erst bei seinem Meister, nach dessen Tod sechs Jahre in einer Brotfabrik. In dieser Zeit reifte in ihm der

Entschluss, das, was er gern machte, auch gut zu machen. Er buk salziges und süßes Kleingebäck, bot es auf Wochenmärkten, in Delikatessläden und in nobleren Restaurants an.

Sein pikantes Blätterteigkonfekt wurde ein Renner. Er erweiterte sein Angebot um warme, gefüllte Teiggerichte, stöberte Rezepte aus der gesamten Mittelmeerregion auf und schwamm erfolgreich in eine Luxusfresswelle hinein.

Er wurde für Partys und Büffets verpflichtet, stellte einen Koch und zwei Aushilfen ein. Richtig erfolgreich lief es dann für ihn, nachdem er das Catering für eine Filmproduktion gestellt hatte. Alle wollten seinen „leckeren Fraß", wie ein berühmter Schauspieler öffentlich äußerte.

Er nahm einen Kredit auf, gründete eine Firma, beschäftigte einen Steuerberater.

Und heiratete Sylvie.

Die Ehe verlief glücklich.

Ferdinand arbeitete und expandierte, Sylvie umsorgte ihn. Sie bekamen keine Kinder. Sylvie wollte Ärzte konsultieren, Ferdinand war dagegen. Er hätte gerne Nachwuchs gehabt, „aber wenn es nicht sein soll, sind wir auch so glücklich."

Seine zwei Brüder und seine zwei Schwestern sorgten schon dafür, dass die Familie nicht ausstarb, und für jedes neugeborene Kind wurde er geliebter Patenonkel. Als Bäcker war er als Pate nicht so begehrt gewesen. Seine älteren Nichten und Neffen warfen dies ihren Eltern bitter vor.

Sie waren jetzt auch schon um die vierzig und Eltern. Wenn sie mit Ferdinand sprachen, stöhnten sie über ihre viele Arbeit und die vielen Ausgaben für ihre Kinder. Ferdinand tröstete und öffnete seine Taschen. Je mehr er die Taschen der anderen füllte, umso unzufriedener wurden diese.

Ferdinand hörte es in ihrer Stimme, sah es in ihren Mienen.

„Der Alte hat ja noch nicht mal Kinder. Was will der denn mit seinem ganzen Zaster?“

Seine Mutter freute sich über seine Erfolge. Sie zählte nicht nach, wie viel er hatte und wie viel er für sie ausgab. Mit Mitte siebzig zog sie in eine noble Seniorenresidenz („mit Stilmöbeln“ erwähnte ihre Tochter Renate jedes Mal) und entdeckte das Prickelwasser. Ferdinand wusste, dass seine Mutter sich nie viel aus Alkohol gemacht hatte und als er bemerkte, wie sehr ihr Champagner zusagte, sorgte er dafür, dass er ihr nie ausging.

Er bekam ihr großartig.

Heute präsidierte seine Mutter am Ende der Tafel, mit sorgfältig gepflegtem Silberschopf und Hörgerät. Trotz der Hörhilfe verstand sie in der großen Runde kaum ein Wort, blickte aber munter nach rechts und links. Alle wussten, dass Ferdinand scharf darüber wachte, dass ihr Respekt gezollt wurde.

Ihre Enkel und Urenkel besuchten sie regelmäßig, denn sie verteilte gerne das Taschengeld, das Ferdinand ihr reichlich zukommen ließ. Trotzdem musste sie im Namen der „armen Kinder“ immer wieder um Ferdinands Hilfe bitten, wenn wieder ein Auto zu Schrott gefahren war oder exklusive Urlaubspläne anstanden. Auch die Pferdehaltung seiner jüngsten Großnichte finanzierte er. Steffi, so hieß sie, hatte sich noch nie dafür bedankt.

Ferdinand nahm es dem achtjährigen Kind nicht übel. Er wusste, dass der Kommentar ihrer Eltern lautete: „Was soll der Alte schon mit seinem Geld anfangen?“

Ferdinand lächelte in sich hinein.

„Du findest das wohl komisch?“ empörte sich seine zwei Jahre jüngere Schwester Margot, die neben ihm saß, „ich erzähle dir von meiner Arthrose und du lachst!“

„Selbstverständlich bezahle ich dir deinen Professor und seine Therapie, “ begütigte Ferdinand, „für deine Arthrose.“

Ihm war schon häufig aufgefallen, dass viele ältere Menschen in einem besitzergreifenden Ton über ihre Krankheiten sprachen. Damit der Zuhörer auch merkte, dass sie etwas besaßen. Krankheiten als Ersatz für verlorene Jugend. Ferdinand hatte noch nie verstanden, warum die meisten Menschen ab den mittleren Jahren mit einer missmutigen Haltung zu sich selbst stehen, als ob das Altern selbst eine Krankheit wäre.

Ihm hatte die jahrelange Nachtarbeit als Bäcker Schlafstörungen und Kopfschmerzen beschert und der rasante Firmenaufbau nährte Magengeschwüre, sodass Sylvie Anlass sah, ihn zu päppeln und zu pflegen. Das fortschreitende Altern mit Ermüdungserscheinungen diverser Körperpartien aber nahm Ferdinand gelassen hin.

„Wie könnte ich behaupten, ich besäße geistige Reife, wenn ich nicht imstande bin, meine körperliche Reife zu ertragen“, sinnierte er morgens vor sich hin, wenn er sein Rasiermesser durch den duftenden Schaum zog.

Mit Sylvie konnte er über solche Gedanken nicht sprechen. Hartnäckig hatte sie darauf bestanden, ihm ein jugendliches Antlitz zu präsentieren und ließ sich regelmäßig diese verdammten Botoxspritzen geben. Sie wusste nicht, dass ewige Jugendlichkeit grauenhaft und das krampfhafte Festhalten an einem Zustand das Ende jeder Entwicklung ist.

Ferdinand, der erst mit Anfang vierzig angefangen hatte, sein Leben so zu gestalten, wie es ihm entsprach, freute sich über jeden Tag, den er erlebte und den er älter wurde.

Und über seine Gelassenheit, mit der er das faltenfreie Gesicht seiner Frau betrachtete oder das Treiben seiner Verwandtschaft beobachtete. Er wusste, dass Sylvie aus Liebe zu ihm und aus Angst handelte und verstand, dass der Neid und die Gier der Menschen in dem Gefühl der Kränkung wurzelte, was das Leben und das Altern ihnen alles antat.

„Ich nehme mein Leben nicht so persönlich, " sinnierte Ferdinand, „ich sehe es eher als Möglichkeit, was in mir steckt zum Ausdruck zu bringen. Wenn' s sein muss, dann eben in einer Brotfabrik."

„Was sagst du?" fragte Margot neben ihm misstrauisch, „was willst du mit einer Fabrik?"

„Nichts", sagte Ferdinand friedlich, „ich habe nur laut gedacht."

„Ja, jeder wird alt!" kommentierte sein Bruder Richard und beugte sich vor.

„Willst du uns nicht endlich verraten, was der Anlass zu diesem Treffen ist? Das Dessert ist verspeist, der Käse steht auf dem Tisch und stinkt." Richard hasste Käse, Ferdinand legte Wert auf eine gepflegte Käseplatte zum Abschluss.

„Gerne!" Ferdinand stand auf, hob sein Champagnerglas, schlug mit dem Silbermesser dagegen. Das aufgeregte Schwatzen verstummte. Vierundzwanzig Gesichter unterschiedlichen Alters blickten zu ihm auf.

„Meine liebe Verwandtschaft", begann Ferdinand, „ich habe euch alle zusammengerufen, um eure unausgesprochenen Gedanken und Fragen zu beantworten. Diese kreisen nicht um mich, das weiß ich wohl, sie kreisen um mein Geld. Und um die Frage, was ich damit vorhabe, jetzt, wo ich die Firmen verkauft habe."

Das anfangende aufgeregte Tuscheln besänftigte er mit erhobener Hand.

„Ihr wisst ja alle, dass die Ehe mit meiner lieben Sylvie nicht mit Nachwuchs gesegnet wurde …". Sylvie blickte ihren Mann an. Es schien, als wären ihre Mundwinkel in ewigem Erstaunen über diesen Witz des Schicksals nach oben gebogen.

Es herrschte Totenstille.

Ein jüngeres Kind, das nach mehr Nachtisch quengeln wollte, wurde ermahnend von seiner Mutter gekniffen.

„Also, so fasse ich eure Gedanken zusammen", fuhr Ferdinand fort, „was macht der dann mit seinem Geld? Nachdem er abgekratzt ist?"

„Ruhe!" donnerte Ferdinand aufkommenden lautstarken Protest zurück. „Ihr wollt meine Pläne erfahren, also seid ruhig!"

Wieder herrschte Totenstille.

„Ich fasse zusammen, es gibt ein großes Vermögen, jede Menge Kohle, " verbeugte sich Ferdinand zu seiner jüngeren Verwandtschaft hin, „und kein leibliches Kind."

„Ich bitte dich", entrüstete sich seine Schwägerin Denise, „alle unsere Kinder sind ja wohl so wie deine eigenen Kinder."

„Das Gefühl habe ich auch, " schmunzelte Ferdinand, „aber ich habe den Wunsch, nur einen von euch zu bedenken."

An der ganzen Tafel atmete einen Moment lang bis auf die Kinder und die fünfundneunzigjährige Greisin kein Mensch mehr.

Ferdinand blickte um sich, lächelte und sagte mit einem gütigen Gesichtsausdruck: „Einatmen, ausatmen, weiterleben. Es ist doch nur Geld. Ich habe in meinem Testament festgelegt, dass für meine geliebte Frau und meine Mutter so gesorgt ist, dass sie den Rest ihres Lebens in den Verhältnissen verbringen, in denen sie jetzt leben. Der Rest, und der ist beträchtlich, fließt nach meinem Tod zuerst in eine Stiftung …".

„Was für eine?“ stieß seine Schwester Margot hervor, die vor Aufregung nicht imstande war, eine höfliche Frage zu formulieren.

„Eine Stiftung zur Finanzierung von Berufswünschen von Menschen, die ein Sabbatjahr, einen Auslandsaufenthalt, eine Umschulung, eine neue Ausbildung oder ein Studium beginnen wollen, kurz, die in fortgeschrittenen Jahren einen beruflichen Neuanfang wagen wollen. Aber“, Ferdinand machte eine Pause, „später wird es dann nur einen Erben geben.“

„Wen?“ hauchte sein Bruder Richard.

„Diejenige Person von meinen nächsten Verwandten, die am ältesten von euch wird, die Person, die den Rest von euch überlebt, wird dann das Geld erben.“

Blonde, brünette, schwarze und rote Köpfe blickten zu Ferdinand auf, als wären ihre Gehirne nicht imstande, diese Mitteilung aufzunehmen.

Nur ein weißbehaarter Frauenkopf am Ende der Tafel behauptete sich aufrecht.

Ferdinand sah zu ihm hin.

„Mutter“, sagte er ruhig, „was meinst du dazu?“

Die alte Dame blickte um sich, hob ihr Champagnerglas, lächelte: „Prickelwasser!“ rief sie.

Anne Frank

☙

„Hier ist ein Brief von jemand, der genau so heißt wie wir!" Ellens Stimme platzte in Annes Morgenlektüre. Sie klang frisch wie ein Trompetenstoß.

Anne ließ die Zeitung sinken.

Ungeduldig wedelte ihre Tochter mit dem Umschlag, „Wer ist das denn?"

„An Frau Anne Brikoleit", lautete die Anschrift. In dem kleinen süddeutschen Ort, in dem sie wohnten, hieß sonst niemand so.

„Dr. Frank Brikoleit" war der Absender.

Geduckt wie ein Hund vor dem Fressnapf hatte Ellen über ihrer Müslischale die langsamen Manöver ihrer Mutter beobachtet.

„Na", stieß sie hervor, gewillt, sich nicht abspeisen zu lassen.

Anne betrachtete das runde, mit Sommersprossen verzierte Gesicht ihrer Tochter. Deren kurzes, mit Henna gefärbtes Haar stieß nach allen Seiten.

„Der Brief ist von meinem Bruder!" sagte sie.

„Was?" Das ganze, lebendige Erstaunen ihrer Tochter spiegelte sich in Ellens Gesicht.

„Du hast einen Bruder? Ich dachte, wir haben keine Verwandten?"

„Na, Deinen Vater und dessen Angehörige kennst Du ja wohl und was meine Verwandtschaft aus der ehemaligen DDR betrifft", Anne zögerte kurz, „meine Eltern starben, als ich noch ein Kind war, das habe ich Dir ja erzählt und mein Bruder und ich wurden mit zwölf getrennt und in verschiedenen Kinderheimen untergebracht. Danach sahen wir uns nie wieder."

„Du warst zwölf, und wie alt war Dein Bruder?"

„Ebenfalls zwölf. Wir sind Zwillinge."

„Mama, Du hast einen Zwillingsbruder! Und Du hast mir nichts von ihm erzählt! Seid ihr etwa sogar eineiige Zwillinge?"

Jähe Röte über ihre Frage überzog Ellens runde Wangen.

„So was Blödes, ihr seid ja Junge und Mädchen. Aber Zwillinge! Das ist doch etwas Besonderes. Warum hast Du mir nichts von Deinem Bruder erzählt?"

Anne schaute in ihre leere Kaffeetasse, schlug mit dem Löffel dagegen, als wollte sie einen Nachhall längst vergangener Zeiten hören. „Das war doch alles Vergangenheit", sagte sie schließlich langsam, „und", ihre Hände zeigten hilflos ihre Innenflächen, „vielleicht hatte es auch zu weh getan."

Ihr Bruder bat Anne in dem Brief um ein Treffen. Er war mit seinem Sohn zu Besuch in der idyllischen Kleinstadt am Bodensee und wusste, dass sie sich dort niedergelassen hatte.

„Über das Internet kann man ja heutzutage fast alles herausfinden", schrieb er, „sofern man will. Ich bin heute soweit, mich mit Dir unserer Vergangenheit zu stellen. Falls Du es nicht bist, respektiere ich das. Ansonsten wohne ich ganz in Deiner Nähe, im Hotel am Marktplatz."

*

Anne stand mit ihrer Tochter vor der mit Wandgemälden reich verzierten Fassade des Gasthofs.

Ellen hatte auf dem kurzen Fußweg vom Atelier ihrer Mutter bis zum Hotel ununterbrochen ihrer Freude, den Onkel und den Überraschungscousin kennen zu lernen, Ausdruck gegeben.

Die unbefangene Lebhaftigkeit ihrer Tochter half Anne, die Angst vor dem Geschwistertreffen zu verbergen. Nur ihre Gesichtsfarbe war blässlich und ihre Wangen wirkten vor Anstrengung eingefallen.

Leichtfüßig tänzelte ihre Tochter über das Katzenkopfpflaster, Anne stolperte über die erste Hoteltreppenstufe und fiel auf die Knie.

„Mama, sei doch nicht so ungeschickt“, Ellen half ihrer Mutter auf.

„Mensch, bist Du aufgeregt!“ sagte sie fast mütterlich und zupfte Annes Rock zurecht.

„Ich bin doch bei Dir“, sagte sie tröstend und das war das Letzte, was Anne bewusst vernahm, bevor sie sich in den Armen ihres Bruders wiederfand.

Die letzten Stunden hatte sie sich durch die verschiedensten Vorstellungen gequält, wie das Wiedersehen stattfinden würde.

Dann war Frank auf sie zu gekommen und hatte sie einfach in den Arm genommen.

Der Raum schien ihr zu klein für ihre Gefühle.

„Hinaus, hinaus“, drängte sie.

Jetzt saßen sie zu viert auf einer Restaurantterrasse am See, tranken Weizenbier und Saft und unterhielten sich gemessen freundlich, wie es eben Menschen tun, die sich längere Zeit nicht gesehen haben.

Was machst Du?

Ich habe ein Schmuckatelier, entwerfe und verkaufe Schmuck, das grüne Collier am Hals meiner Tochter ist von mir.

Es wurde angemessen bewundert.

Und was machst Du?

Ich habe Psychologie studiert und betreibe eine Praxis mit Schwerpunkt Familientherapie. Meine Frau ist Logopädin.

Ellens Vater wohnt in Hamburg. Wir waren nie verheiratet, aber Ellen sieht ihn regelmäßig.

Die beiden Jugendlichen begannen sich zu langweilen.

„Wir fahren Tretboot, okay?"

Kichernd zogen sie ab.

Anne und Frank sahen ihnen nach. Ellen war klein, rundlich mit lebhaften Bewegungen.

Stefan mager, hoch aufgeschossen und sorgsam darauf bedacht, seine Hose unter dem Hintern hängen zu lassen.

„Wie alt ist Ellen?" fragte Frank.

„Siebzehn! Und Stefan?"

„Sechzehn!"

Beide schwiegen.

„Wir waren zwölf!" sagte Annes Bruder.

Sie hob beide Hände abwehrend hoch.

„Nicht!" sagte sie beschwörend.

„Hast Du nie darüber geredet?" fragte Frank leise.

Seine Hand kam auf sie zu.

Anne musste sich beherrschen, nicht aufzuspringen.

„Du etwa?“ fragte sie laut, wütend über ihre Angst.

Frank hielt behutsam in seinen Händen ihre rechte Hand fest.

„Ja, in meiner eigenen Lehranalyse habe ich davon gesprochen. Sprechen müssen“, korrigierte er sich, „denn einmal losgetreten ließ es sich nicht aufhalten.

„Ich habe es niemand erzählt!“ sagte Anne abwehrend und versuchte, ihre Hand zu befreien.

Frank ließ sie los.

„Ja?“ sagte er nur.

„Weil ich mich schäme!“ schrie Anne.

Das Tuten eines hereinfahrenden Ausflugdampfers verschluckte ihren Ausruf. Niemand drehte sich nach ihr um.

„Wir waren zwölf“, sagte Frank ruhig, „und völlig allein gelassen.“

Ihre Mutter war vor einem Jahr an Brustkrebs gestorben und ihr Vater trank seitdem ununterbrochen.

„Erinnerst Du Dich, wie wir einmal mit dem Taxi einen Kasten Bier und zwei Flaschen Wodka holen mussten, weil er nicht aufstehen konnte?“ fragte Frank.

Anne nickte. Sie waren so einsam gewesen. Sie vermissten ihre liebevolle Mutter, und ihr Vater trank sich aus dem Leben davon. Sie hatten nur noch sich, um sich gegenseitig zu wärmen. In Annes winziger Dachschlafkammer klammerten sie sich aneinander fest, gaben sich die Liebe, die sie vermissten und irgendwann geschah es. War es auch lustvoll? Vielleicht. Aber es war in erster Linie tröstend und lebendig in einer Umgebung, die nur aus Schatten und Verfall zu bestehen schien.

Das „Tagebuch der Anne Frank“ war zu dieser Zeit Annes Lieblingsbuch und sie dachte oft, dass sie genau wie diese ein

Doppelleben hatte, das die Außenwelt nicht bemerken durfte. Dann wurde sie schwanger und die tröstende Scheinwelt wurde in viele schmerzbringende Scherben zerschlagen. Ihr Vater kam in eine Trinkerheilanstalt, starb dort, Frank und sie wurden in verschiedenen Kinderheimen untergebracht. Am Ende ihrer Schwangerschaft standen ein Kaiserschnitt und ein verschwundenes Kind.

„Du hast es nie gesehen?“ fragte Frank. Die Dämmerung hatte sie eng zusammen rücken lassen, eine frische Brise vom See ließ Anne erschauern.

„Nein, nie! Nach der Wende kam ich durch verschiedene Umstände nach Hamburg. Ich wollte nur vergessen. Ich lernte Ellens Vater kennen und war so froh über dieses Kind.“

Anne barg das Gesicht in ihren Händen und schluchzte kurz auf.

„Wo ist sie eigentlich?“ Sie blickte um sich. Sprang auf. Pupillen weiteten sich wie bei einem Nachttier.

Frank drückte sie auf ihren Stuhl zurück.

„Ich rufe Stefan auf dem Handy an!“ sagte er ruhig.

Ebenso sachlich sprach er mit seinem Sohn.

„Sie sind in Deinem Atelier!“ informierte er Anne, „Ellen zeigt ihm Deine Arbeiten.“

„Um Himmels Willen! Und wenn etwas passiert? Zahl doch bitte. Wir müssen dort hin!“

Frank winkte der Bedienung.

„Was soll denn passieren?“

„So etwas wie bei uns! Wenn sich das wiederholt!“ Anne liefen Tränen über das Gesicht.

Frank musterte sie aufmerksam. Sein Tonfall nahm eine professionelle Färbung an.

„Du glaubst an so etwas wie Erbsünde? Die Sünden der Eltern werden ihre Kinder heimsuchen?“

„Wir hatten doch Schuld“, rief Anne schluchzend. „Gib es doch zu!“

„Ja, wir hatten Schuld. Aber wir waren noch Kinder. Und die Erwachsenen handelten ebenso schuldig an uns.“

„Glaubst Du? Glaubst Du das wirklich?“

Anne stolperte neben Frank durch die Nacht. Der vertraute Weg zum Atelier schien fremd und holprig. Jeden Augenblick drohte ein Abgrund aufzubrechen. Das warme Licht ihrer Schmuckwerkstatt leitete sie nachhause. Wie ein Seemann, der nach gefahrvoller Fahrt in den schützenden Hafen einfährt, betrat sie ihr leuchtendes Haus.

Sie winkte Frank, ihr zu folgen.

Ellen und Stefan saßen an Annes Arbeitstisch und Ellen demonstrierte ihrem Cousin an verschiedenen Schmuckstücken die künstlerische Meisterschaft ihrer Mutter.

„Mama“, sie sprang auf, fiel Anne um den Hals, „ich bin so froh, einen neuen Cousin zu haben!“

„Na, mein Sohn“, sagte Frank auf dem Nachhauseweg, „war das Familientreffen wirklich so öde, wie Du befürchtest hattest?“

„Nö, Ellen ist eine echte Bereicherung!“ sagte Stefan in seiner trockenen Art.

„Sie gefällt Dir?“ Franks Stimme war sachlich.

„Na ja, hennagefärbte Mädchen mit grünen Klunkern um den Hals sind nicht mein Fall. Aber als neue Cousine ist sie super.“

Eine Zeitlang gingen sie schweigend nebeneinander durch das nächtliche Städtchen.

„Aber Papa“, Franks baumlanger Sohn klopfte ihm beruhigend auf die Schulter, „ich merke ja, Dich bedrückt das Wiedersehen mit Deiner Schwester. Doch ich finde sie echt nett und Mama bestimmt auch. Warum auch immer ihr euch so lange aus den Augen verloren habt, ist doch jetzt Vergangenheit.

Außerdem“, Stefan räusperte sich, „Du sagst doch immer zu mir, Glück hat damit zu tun, die passende Gelegenheit zu erkennen. Und das Leben bietet immer wieder neue…“, schloss er verlegen.

Frank schwieg. Dann blieb er plötzlich stehen.

Drehte sich seinem Sohn zu und blickte ihm ins Gesicht.

„Glück bedeutet manchmal einfach nur, am Leben zu bleiben. Und Glück ist es auch für mich als Vater, wenn mein Sohn meine Lebensweisheiten zitiert. Dann scheine ich es ja doch ganz gut gepackt zu haben.“

Gemeinsam gingen sie weiter.

In ihrem kleinen Häuschen träumte Anne, ihre Mutter streiche ihr mit kühlen Händen über die Stirn, „Meine Kleine, Du bist groß geworden“, flüsterte sie ihr ins Ohr.

Anne lächelte im Schlaf.

„Das Leichte Schwer, das Schwere leicht“, Aquarell 2011

Schneeweißchen und Rosenkohl

ꝏ

Blanche blickte von ihrer Tribüne auf das feiernde Volk. Hoheitsvoll winkte sie mit ihrer rechten Hand aus dem Handgelenk heraus, ohne den Ellenbogen zu bewegen.

„Perfekt!“ dachte sie und strahlte vor Begeisterung über sich selbst.

Blitzlicht direkt vor ihrer Nase verzog ihre Gesichtszüge zu einer abwehrenden Grimasse. Sie wandte sich an die hinter ihr stehende Hofdame. „Sorgen sie bitte dafür, dass dieser Kerl nicht so nahe an mich heran kommt“, sagte sie streng in den steifen, hochragenden Spitzenkragen ihres Staatskleides hinein.

Ihre Hofdame kippte gerade das dritte Sektglas hinunter und hörte überhaupt nicht zu.

„Verdammtes Personal“, dachte Blanche erzürnt, „wozu ist man schließlich Prinzessin?“

„Hallo, Hoheit!“ der freche Fotograf von vorhin schlüpfte neben sie. „Darf ich Hoheit’ s liebliches Profil ablichten?“

Blanche wusste um die Reinheit ihrer Seitenansicht und nickte würdevoll.

So hatte sie sich das vorgestellt. Bilder, die ihrer Schönheit huldigten, Menschen, die von ihrem Liebreiz hingerissen waren und dann dieses fantastische Kleid!

Ein heftiger Puff in den Rücken ließ sie zusammenfahren.

„Aufstehen!" zischte ihre Hofdame, „Schunkeln!"

Ein bekannter Volkssänger sang ein bekanntes Faschingslied und der ganze Saal schwang mit.

Blanche die Erste schunkelte sich mit ihrem Prinzen, Stefan dem Dritten, durch drei Lieder und hätte sich dabei gerne die Ohren zugehalten. Die schräg hinter der Bühne platzierte Kapelle tat ihr Bestes, um den Lärmpegel des im, durch Alkohol angeheizten, Feierrausch brodelnden Festsaals zu übertönen.

"Das gelingt denen ausgezeichnet!" dachte Blanche, die sich nach der Schunkelei wie ein leckes Boot auf hohen Wellenkämmen fühlte. Ein Tusch kündigte Büttenreden an. Danach sollte ein festliches Diner folgen. Blanche knurrte der Magen. Das war die dritte Veranstaltung seit heute Morgen und außer einem Biss in einen zuckerbeglänzten Berliner Pfannekuchen und zwei halben Gläsern Sekt hatte sie noch nichts an Nahrung zu sich genommen.

Stefan der Dritte riss ihre rechte Hand hoch und warf ihr einen vorwurfsvollen Blick zu.

Auweia, da hatte sie etwas verpasst. Schuldbewusst klatschte sie im Takt der Musik die Hände. So hatte sie sich das nicht vorgestellt.

Seit Blanche drei Jahre alt war, wollte sie einmal eine echte Prinzessin sein. Nach ihrem bestandenen Abitur im letzten Jahr bedrängte sie ihren Vater, einen Bauunternehmer, seinen Einfluss geltend zu machen, um sie zu Blanche I. küren zu lassen. Ihr Vater war zuerst dagegen, dass seine Prinzessin ein Spielball des Pöbels würde.

„Du stellst Dir das viel zu leicht vor! Das ist harte Arbeit! Außerdem bist Du zu jung!"

Haargenau dasselbe wiederholte der über dreißigjährige Prinz Stefan, der profunde Faschingserfahrungen hatte. „Bist Du überhaupt trinkfest?"

Blanche, die über gute Kenntnisse im Coke-Bereich verfügte, nickte nachdrücklich. „Und wie!"

Trotzdem blieben die beiden skeptisch.

Blanche schmollte sich durch eine Woche und ihr Vater blieb unbeeindruckt.

Sie bekam Wutanfälle und das Taschengeld gekürzt. Schließlich setzte sie ihre letzte Waffe ein und weinte. Beim Frühstückskaffe liefen ihr die Tränen anmutig die zierliche Stupsnase entlang. Während des gemeinsamen Abendessens tupfte sie die rotgeränderten Augenlider und demonstrierte mit sanfter Stimme den tapferen Wehmut eines gebrochenen Herzens. Ihr Vater kapitulierte am zweiten Abend und Stefan dem Dritten blieb auch nichts anderes übrig.

„So tief in Gedanken versunken, Euere Lieblichkeit?" säuselte ihr eine Stimme ins linke Ohr.

Blanche schrak aus ihrer Geistesabwesenheit hoch und begegnete einem scharfen Blick ihrer Hofdame, die so heftig schunkelte, dass ihre Brüste aus den Halbschalen des Rennaissancekostüms hoch- und herunterwabbelten. Blanche warf einen betrübten Blick auf ihr Dekolleté, ihre eigenen Brüste lagen zierlich und brav in einem Spitzennest.

„Bezaubernd muss sein, was ihr da seht, edle Prinzessin. Zu gern würde ich auch das Vergnügen haben, mich an Euren Reizen zu erfreuen", schmeichelte die angenehme Stimme ihr wieder ins linke Ohr.

Blanche wandte den Kopf. Es war der Blitzlichtfotograf von vorhin.

„Was machen Sie denn hier? Normalerweise sitzt hier mein Hofmarschall", fügte sie hinzu.

„Ich weiß, ich bestach ihn mit legalen Drogen, um einen Platz an der Seite Eurer Lieblichkeit zu bekommen, außerdem bin ich Journalist und soll ein Interview mit dem Prinzenpaar machen."

„Aber erst wird gegessen!" dröhnte Stefan III:, dessen Kostüm sich über einen ansehnlichen Bauch wölbte.

„Bald ist Dir Deine Schärpe zu eng", meinte Blanche mit einem schiefen Blick auf ihren Prinzgemahl.

Aber auch sie hatte deftigen Hunger. Doch ihr erfreutes Gesicht verzog sich, als sie den dampfenden Inhalt ihres Tellers begutachtete. Fettes Schweinefleisch, umgeben von einem Berg Rosenkohl.

„Hmm", schmatzte ihr Prinz an der rechten Seite, „das ist eine gute Grundlage zum Feiern."

„Was ist los?" fragte der aufmerksame Ritter zu ihrer Linken.

„Ich kann keinen Rosenkohl essen", flüsterte Blanche, „er bekommt mir nicht."

„Ja, damit haben viele Leute Probleme. Nicht nur jedes Böhnchen gibt ein Tönchen."

„So meine ich das nicht! Was denken Sie denn?", plötzlich musste sie kichern, „eine Prinzessin steht über solchen Dingen. Aber", sie sah ihren Ritter an, „wenn ich nur ein Bisschen von diesem Rosenkohl esse, muss ich kotzen. Im Ernst, es würgt mich, wenn ich nur daran denke."

„Hofmarschall, einen Eimer bitte", sagte ihr Anbeter ernst, „aber einen goldenen!" fügten beide gleichzeitig hinzu und brachen in schallendes Gelächter aus.

So begann ihr Märchen.

Und alle fanden, sie wären wie füreinander geschaffen. Ihre Familien waren entzückt. Vermögen kam zu Vermögen.

„Mein Rosenkohlbaugebiet", stellte Dirks Vater seine Hektar Blanches' s Familie vor. Der Bauunternehmer lauschte aufmerksam seinen Zahlen.

Dirk schlug für Blanche mit einem macheteähnlichen Messer eine reichtragende Rosenkohlpflanze ab und reichte sie ihr mit einer tiefen Verbeugung.

„Hübsch sieht das ja aus", hatte sie diese entgegen genommen, „aber essen werde ich ihn nie!"

Auch ihre Freunde erklärten, sie passten so gut zusammen, dass es gar nicht anders hätte kommen können.

„Irgendwie nehmen die uns dadurch die Einmaligkeit unserer Geschichte", dachte Blanche, während sie üppig rosa Lipgloss auftrug.

„Sinnlos", fand Dirk, der ihn immer sofort wieder abtrug.

Blanche lächelte bei dem Gedanken an ihren zukünftigen Mann. In drei Monaten sollte die Hochzeit stattfinden.

Viel zu früh, fand ihre Mutter, die ihrer Tochter zu mehr Unabhängigkeit in ihren jungen Jahren riet.

„Du wolltest doch immer Tiermedizin studieren! Heiraten kannst Du jederzeit, ein Studium nachholen ist viel schwieriger."

„Ach, Mama!" dachte Blanche mitleidig, „Du weißt eben nicht, wie glücklich wir zusammen sind, Dirk und ich. Na ja, mit Papa ist das auch nicht möglich. Der ist ja nie zuhause."

Sie stieß sich die Sonnenbrille ins Haar, schnappte sich ihre neueste Designerhandtasche und stiefelte zu ihrem Cabrio. Auf dem Rücksitz lag ein riesiges Blumenbouquet, an dem mit Federn verzierte rosa Tüllsäckchen hingen. Blanche vergewisserte sich, dass jedes mit einem Geldschein gefüllt war und brauste los. Sie wollte eine Schulfreundin besuchen, die vor sechs Wochen Mutter geworden war, und sich anschließend mit ihrem Vater treffen, um ein Haus zu besichtigen.

„Ich will kein Haus", hatte Dirk gemeckert, „ich will mit Dir in einer Wohnung wohnen, die wir selber bezahlen können."

„Und ich will einen Swimmingpool!" hatte Blanche diese absurde Diskussion beendet.

Ihre Freundin Stella-Marie stöckelte ihr auf der Kiesauffahrt entgegen. Sie schob einen Kinderwagen vor sich her.

„Hey", Blanche und Stella-Marie stupften die rougebetonten Wangen gegeneinander, „da ist Deine kleine Süße drin?"

„Ach was", schnaufte Stella-Marie, „die ist oben bei ihrer Nanny. Aber das Schieben des Kinderwagens über den Kies ist supergut für die Oberarmmuskeln. Hab' ich neulich erst herausgefunden!" fügte sie stolz hinzu.

„Du ahnst gar nicht, wie schwer es ist, seine alte Figur nach einer Geburt wiederzubekommen", sagte sie ernst.

Blanche musterte sie.

Stella-Marie war sehr schmal, um das Dekolleté sogar etwas mager, trotz eines hebenden Büstenhalters.

„Sie sollte nicht so tiefe Ausschnitte tragen", dachte Blanche froh und hob schuldbewusst ihren üppigen Blumenstrauß hoch.

„Bitte sehr! Für Deine", sie stockte, „wie heißt sie noch gleich?"

„Lucinda-Tallalulah-Mirabella!" rezitierte Stella-Marie stolz. „Tallalulah hat Lukas ausgesucht. Es ist ein indianischer Name", fügte sie mit einer schwanengleichen Halsbewegung hinzu.

„Albern", dachte Blanche und bemühte sich um so mehr zu beteuern, wie bezaubernd sie diese Auswahl an Kuriositäten fand.

„Ja, sie ist schon etwa ganz Besonderes", sagte Stella-Marie.

„Hatte sie schon immer so nasal affektiert gesprochen?" fragte sich Blanche, während sie ihr zu einem Cocktailtischchen mit Sitzgruppe folgte.

„Ganz neu aus den Fünfzigern", konstatierte Stella-Marie, „passt gut zu meinem Jackie O.-Look."

Beide musterten ihre riesigen im Haar steckenden Sonnenbrillen.

„Jaaa", sagte Blanche zweifelnd.

Auf dem Tischchen standen Cocktails, Törtchen und Obstschnitze.

„Greif zu", bat Stella-Marie, griff zu einem Cocktailglas mit giftgrüner Farbe und ließ sich anmutig zurücksinken.

Die Sessel waren jedoch etwas tiefer als angenommen und ein Teil des Cocktails schwappte auf ihr crémefarbenes Seidentop.

Eine junge Frau mit wippendem, dunklem Pferdeschwanz kam die Treppe herunter. „Lucinda ist jetzt gefüttert und gebadet. Wollen Sie sie kurz halten?"

„Nein", schrillte Stella-Marie, „Sie sehen doch, mein Top ist ruiniert." Sie knallte ihr Glas auf das Tischchen und stürmte an der Nanny vorbei.

Blanche sah ihr mit offenem Mund nach.

„Junge Mütter sind oft etwas gestresst", sagte die Nanny mit glatter Stimme. „Das sind die Hormone und legt sich wieder."

Blanche sah mit staunenden Augen die hämische Falte an den Mundwinkeln sofort wieder verschwinden. Ernst musterten sich die beiden jungen Frauen.

„Ist das Ihre erste Stelle?" fragte Blanche.

„Nein", sagte die Nanny, „ich kenne das schon."

Es wurde doch noch ein netter Nachmittag. Sie sahen sich eine romantische Filmkomödie über zwei Landeier in New York an und an den Stellen, an denen sie sich an ihre Schulzeit erinnerten, lachten sie gemeinsam.

Das zu besichtigende Haus mit ihrem Vater hatte Blanche nicht gefallen. Sogar der Swimming-Pool erfüllte sie mit purem Abscheu.

Da ihr Vater die abgesagte Hochzeit nicht akzeptieren wollte, buchte sie mit Hilfe ihrer Mutter ein Jahr „work and travel" durch Australien.

Dirk suchte sich mit Hilfe seines Vaters ein unbezahltes Volontariat bei einer Großstadtjournaille. Sie würden sich ein Jahr lang nicht sehen.

Dieses Risiko mussten sie eingehen, spürte Blanche.

Sonst hätte ihr Märchen keine Chance.

Löwenmäulchen

Antonia beugte sich über eine Rose, Blätter rieselten über die gezückte Schere, geknickt schaukelte die tiefrote Blüte. "Ich habe die doch gar nicht angefasst, die muss schon vorher angeknackst gewesen sein!" murmelte sie.

Wie ein Stich fuhr ihr der Gedanke an ihre Freundin Tamara ins Gehirn.

„Bringt doch nichts!" schob sie die Erinnerung weg und konzentrierte sich darauf, die Rosenstiele von Stacheln und für die Vase überflüssigem Blattwerk zu säubern.

Dann schnitt sie noch eine Handvoll diverser Kräuter aus Balkonkästen und ging mit ihren selbstgezogenen Schätzen in die Küche. Das Kräuterbündel landete in der Spüle, die Rosen klatschten auf den Boden.

„Sei achtsam in allem, was du tust!" ermahnte sich Antonia und wiederholte mehrmals innerlich das Gebot ihrer Yogalehrerin. Trotzdem fühlte sie Gereiztheit in sich aufsteigen. Sie warf die abgebrochene Rosenblüte in den Küchenkompost und verteilte die restlichen Rosen mit bunten Löwenmäulchen in einer Vase.

„Heute will ich keinen Deko Schnick-Schnack, sondern einfach einen Sommerblumenstrauß auf den Esstisch stellen", dachte Antonia, schob Wasser- und Weingläser zurecht („Welches steht oberhalb des anderen?“) und platzierte die Vase direkt in die Mitte des Esstisches.

„Ha, das werden alle spießig finden!“ sagte sie laut und dachte an die kunstvollen Orchideen-, Hortensien-, Moos- und Grasarrangements ihrer Freundinnen.

Bei Tina hatte es bei dem letzten Treffen einen Miniatur-Zengarten gegeben, der in Kombination mit den steingrauen, grobgewebten Leinensevietten und der schlammbraunen Tischdecke allen den Atem verschlagen hatte. Vorsichtig war sich mit den Kommentaren zurückgehalten worden, bis die anerkannt Stilsicherste „Phantastisch!“ gehaucht hatte.

Dann war die Gastgeberin mit Komplimenten überschüttet und nach ihrem Floristengeschäft gefragt worden.

Achtsam hatte Tina mit dem Bambusrechen einen Kiesel zurechtgeharkt und dann die Topadresse verraten.

Vierzig Kilometer hatte sie fahren müssen.

„Und ich hole mir meinen Schnittlauch vom Balkon!“ dachte Antonia.

„Bei den Benzinpreisen ist mir das lieber.“

„Und ökologisch korrekter“, fügte ihr rechthaberisches Über-Ich hinzu.

Sie schaltete das Radio an, wusch Dill und Schnittlauch und begann die Kräuter für die Vinaigrette zu schneiden. Das Wasser perlte auf den saftgrünen Schnittlauchhalmen, die Sonne schickte warme Nachmittagsstreifen über das hölzerne Arbeitsbrett. Eine Fliege summte, schwieg, summte wieder auf, prallte gegen das Fenster, summte wilder als zuvor. Antonia drohte ihr mit dem Hackmesser.

„Elendes Biest! Sei endlich still, sonst erschlag ich dich.“

Ihre Gedanken fuhren fort.

„Ich stehe hier und schneide saftgrünen Schnittlauch, so frisch und saftig, wie man ihn sich nur vorstellen kann, aber was bedeutet das schon? Was bedeutet schon saftgrün?“

Zack, hieb das Messer zu.

„Jederzeit kann das Saftgrün zu Strohhalmgelb verdorren. Alles kann jederzeit verdorren. Sogar eine Freundschaft. Kann eine Freundschaft verdorren? Eine gute, sozusagen saftgrüne Freundschaft verdorren?“

Die Fliege summte wieder auf. Sie kroch bläulich und fett am Fenster entlang. Antonia löste Garnelen aus der Schale. Sie roch an ihren Fingerkuppen. Der Geruch blieb, da konnte sie einseifen, soviel sie wollte. Wenn die Fliege dem Essen zu nahe käme, erschlüge sie sie. Sie sah sich nach der Fliegenklatsche um. Ihre Freundin Tamara war hysterisch, was Fliegen betraf. Die haute sofort zu, bis überall zermatschte, aufgeplatzte Fliegenleichen lagen. Antonia bevorzugte die Variante des aus dem Fensterhinauswedelns. So sparte sie sich auch das anschließende Befreien der Fensterscheiben von gelben Fliegeninnereien.

Das Radio dudelte fröhlich. „Volare, oho, cantare, oho-hoho.“

Antonia musste an den Salsakurs denken, den sie mit Tamara gemacht hatte. Sie hatten soviel Spaß zusammen gehabt, so viele Situationen miteinander geteilt.

„Mit ihr verbindet mich mehr, als mich mit meinen anderen Freundinnen verbindet und dennoch: Ist Freundschaft nicht mehr, als gemeinsame Vorlieben teilen, den gleichen Geschmack haben oder einen Konsens zwischen verschiedenen Geschmäckern zu finden?“

Die mit Garnelen und Frischkäse gefüllten Blätterteigtaschen dufteten im Backofen.

Antonia faltete blumige Papierservietten. Eine weitere Gewagtheit bei diesem Freundschaftsessen. Papierservietten, echt prollig. Die Güte des Weins konnte von den Gästen nicht überprüft werden, da er aus dem Urlaub von einem kleinen Weingut mitgebracht war. Keine ihrer Freundinnen war eine richtige Weinkennerin, aber jede wusste natürlich, welcher Wein zur Zeit angesagt war, wo es ihn gab und was er kostete.

„Mir hängen die unter Alkoholeinfluss beteuerten Liebeserklärungen zum Hals heraus", dachte Antonia und bohrte hoffnungsvoll ihre Fingerspitzen in eine halbierte Zitrone. Vielleicht verschwand der Garnelengeruch doch?

Ein Rasenmäher brummte schon seit einiger Zeit, mal näher, mal weiter entfernt. Antonia öffnete das Fenster, scheuchte die Fliege hinaus. Es roch nach frisch gemähtem Rasen, der Mäher war nicht zu sehen. Winzige Mücken wirbelten scheinbar sinnlos im Licht.

„Ob die wissen, was sie tun?" dachte Antonia.

Es zog in ihrem Herzen. Es zog sie wie die Insekten in das Licht. Sie stellte sich einen Stuhl heran, legte die Arme auf die Fensterbank und schaute hinaus. Früher hatten viele ältere Leute so gesessen. Vielleicht war sie ja auch alt geworden und hatte es nur nicht gemerkt.

Sie schnaufte tief auf.

Hätte sie Tamara nicht ihre wahren Empfindungen mitteilen sollen, obwohl sie, Antonia, genau gewusst hatte, dass es dieser nicht passen würde? Aber wie hätte sie ahnen können, dass Tamara so ablehnend reagieren würde? Tamara wollte hören, dass sie Recht hatte. Sie wollte keinen Trost, keinen Zuspruch, keinen Rat, sie wollte von Antonia die Bestätigung ihres Verhaltens, und die konnte diese in dem Moment Tamara nicht geben.

Aus dem Backofen duftete es intensiver nach würzigem Blätterteig. Antonia schloss das Fenster, stellte es schräg und holte das Backblech aus dem Ofen heraus. Sie hantierte vorsichtig, verbrannte sich nicht, und das Backwerk war goldbraun.

„Gut gelungen!" dachte sie.

Sie streifte ihr T-Shirt ab und sah sich mit ihrem roten Spitzen-BH in der Fensterscheibe gespiegelt.

„Ich musste Tamara die Wahrheit sagen, selbst wenn es nur meine Wahrheit sein kann. Weil es meine ist und sie sie deshalb respektieren sollte auch wenn sie sich damit nicht auseinandersetzen wollte."

Sie zog sich ein ärmelloses Sommerkleid an.

„Schon wieder Blumen!" dachte sie flüchtig.

Dann fühlte sie so achtsam, wie sie sich den ganzen Tag zu sein gewünscht hatte, dass eine Freundschaft, die nur auf gegenseitiger Zustimmung und Bestätigung beruhte, keine tiefe Freundschaft sein konnte.

„Tamara und ich, wir gehen einfach gemeinsam weiter", dachte sie zweifelnd.

Sie holte aus der Küche die Papierservietten und legte sie neben die Essteller. Aus dem Sommerblumenstrauß waren einige Löwenmäulchenblüten gefallen und lagen auf dem Tischtuch.

„Die lass ich liegen", dachte Antonia, als schon der erste Gast klingelte.

Antonia öffnete die Tür, das vorgetäuschte Lächeln der Freundschaft auf den Lippen.

Perspektivenwechsel, Aquarell auf Japanpapier 2015

Raising up

ଓ

Ich fahre so ungern mit der S-Bahn. Aber heute lässt es sich nicht vermeiden, ich bin zu spät dran und selbst mit der S-Bahn benötige ich gut zwanzig Minuten bis in die Innenstadt. Wenn ich das Rad nehmen würde, könnte ich die Verabredung mit meiner Kommilitonin nicht pünktlich einhalten.

Wir treffen uns heute Vormittag zum ersten Mal, um für eine Klausur zu lernen und ich weiß, dass man den ersten Eindruck kaum korrigieren kann. Außerdem lege ich Wert darauf, positiv wahrgenommen zu werden.

Deshalb wische ich mir den beerenroten Lipgloss wieder ab, ich mag uns beide nicht als Tussis sehen, die einander mit klebrigen Abdrücken markieren und entstellen.

Meine langen blonden Haare binde ich zu einem Pferdeschwanz und setze das schwarze Barett auf, das wirkt so französisch. Ich will mich von dem Einheitslook der Hoodietypen absetzen. Die ruinieren ja nicht nur optisch das Straßenbild.

Wenn die zu viert oder fünft eingehakt die Straßenbreite einnehmen und alte Leute anrempeln, könnte ich kotzen.

Machen kann man ja nichts.

Hey, Miranda, konzentriere dich jetzt auf die Sachen, die du mitnehmen musst. Laptop, Unterlagen, Schlüssel, Portemonnaie mit Fahrausweis. Und dann habe ich es doch gerade noch rechtzeitig in die S-Bahn geschafft. Mit hämmerndem Herzen lasse ich mich auf einen Sitz fallen, während der Zug unter mir mit mir davonbraust. Ich streiche meine Jacke glatt, fasse in die Hosentasche, Gott sei Dank, da ist es ja, mein Handy. Wegen dem musste ich noch mal nach halbgelaufener Wegstrecke zurück in die Wohnung hetzen und sitze jetzt völlig ausgepumpt neben jemand, den ich noch nicht näher betrachtet habe.

Ohne den Kopf zu wenden, riskiere ich einen Seitenblick und sehe eine ältere Dame mit Mütze oder Turban oder was immer dies auch darstellen soll. Jedenfalls bin ich beruhigt. Sie umklammert genau wie ich ihr Handy.

Ich gehe schon mal ins Internet und lasse mit leichtem Fingerstrich die Seiten fliegen.

Die Frau neben mir schielt auf mein Smartphone.

Herrliches Gefühl, so ein tolles Teil zu besitzen, aber ich stecke es doch lieber mal weg.

Eigentlich ist jetzt eine gute Zeit, um S-Bahn zu fahren. Es ist kurz nach zehn Uhr vormittags, um halb elf bin ich verabredet.

Mein Herz hat sich beruhigt, ich sehe mich um. Opis mit Zeitung, Muttis mit Kinderwagen. Gut! Ich falte meine Hände im Schoß. Also eigentlich kann ich mir eine S-Bahn-Fahrt auch anders vorstellen! Es gab doch eine Zeit (ich kann mich an sie erinnern, und ich bin jung), in der man aus der Wohnung oder von der Arbeit in ein öffentliches Verkehrsmittel stieg und dann entspannt vor sich hindöste oder las! Ohne sich darüber Gedanken machen zu müssen, was eventuell passieren könnte. Einem selbst oder einem Anderen. Ich kenne solche Szenarien, die sich aus dem Nichts entwickeln. Nein, das stimmt nicht. Es gibt immer Hinweise und deshalb muss man achtsam sein. Pflicht zur Mitarbeit nennt es unser Staat. Ja, direkt mir gegenüber hängt ein Plakat, auf dem eine erhobene Hand, die ein Handy hält, abgebildet ist. Rot schreit die Notrufnummer.

Ich sehe auf meine Uhr, noch zehn Minuten, dann bin ich am Ziel.

Abends fahre ich mit meiner Mama, die in der Stadt arbeitet, zurück. Nach achtzehn Uhr gehört die S-Bahn dem Pöbel und dem S-Bahn-Fahrer in seiner kugelsicheren Kabine. Kein vernünftiger Mensch benutzt sie dann, außer denen, die müssen. Und das sind immer noch genug. Und deshalb sind vor drei Jahren nach einem Volksentscheid die neuen Notstandsgesetze verabschiedet worden, die es rechtfertigen, in einer Notstandssituation die Grundrechte außer Kraft zu setzen.

Eigentlich wollte ich Jura studieren, wie meine Mama und dann in die Politik gehen, aber nachdem ich einmal das Umsetzen der Notstandsgesetze in die Realität miterlebt hatte, entschied ich mich für Kommunikationswissenschaft und Psychologie.

Auch deshalb fahre ich gern mit dem Rad zur Uni, damit bin ich zwischen den Fachschaften mobil.

Ich gluckse eine orangerote Limo aus einer Alutüte in mich hinein. Blubberblasenmiranda nannten mich die Kinder in der Grundschule nach einem ähnlich klingenden Brausegetränk.

Mich störte das nicht, denn meine Mutter hatte mir erklärt, dass mein Vorname der schönste der Welt sei.

Besser als Mandy oder Kevin.

Sie nennt sie heute noch die RTL-Kinder. Als Säugling werden sie vom Fernseher gebabysittet, später von der Supernanny per Fernseher erzogen und später sehen sie Reality-Soaps, in denen Menschen die Hauptrolle spielen, die ebensolche Looser wie sie selbst sind.

Ich will herauskriegen, warum ein durch Medien vermitteltes negatives Selbstbild so hartnäckig mit einem verknüpft bleibt. Ich bin durchaus identitätsstiftend mit mir verknüpft, aber ich kann mir auch eine Existenz als Schmetterling vorstellen. Jeder sollte sich alles vorstellen können. Die letzten Tropfen von Miranda-Mirinda gurgle ich ziemlich laut hoch, sodass meine Nachbarin mir einen Blick zuwirft.

Ich lächele sie an.

Sie wendet sich ab.

Macht nichts, an der nächsten Station muss ich aussteigen. Ich schnappe mir meine Laptoptasche und lege sie über die Schulter.

Kaum stehe ich mit einem Bein auf dem Bahnsteig, da wird heftig von hinten an dem Trageriemen gezogen. Ich taumele herum, die Tür schließt sich und der Zug saust davon. Jemand versetzt mir einen Stoß in den Rücken Richtung Bahnsteig und ich falle auf alle Viere. Ein Mensch mit so weit ins Gesicht gezogener Kapuze, dass ich seine Züge nicht erkennen kann, schnappt sich meinen Laptop und läuft davon.

Das Donnern des nächsten hereinfahrenden Zuges ist zu hören. Menschen nähern sich dem Bahnsteig.

Eine Frau hilft mir auf. „Fehlt Ihnen etwas? Hat er Ihnen etwas getan? Soll ich die Polizei rufen?“ Sie hält mir ihr Handy entgegen.

„Nein, danke,“ stammele ich, „das war mein Bruder.“

Sie steigt in den Zug.

Ich gehe langsam auf hölzernen Beinen wie Pinocchio zu einer Bank und lasse mich darauf sinken.

Menschen rücken von mir ab. Ich bin ein Looser.

Angerempelt und beklaut worden und habe mein Handy nicht benutzt. Oder vielleicht denken die auch gar nicht darüber nach und haben ihre eigenen Dinge im Kopf.

Sicher, das wird so sein, mir geht es ja genauso.

*

Wie könnte ich jenen Tag vergessen? Meine Mutter und ich waren in der Stadt gewesen und wir fanden diese traumhaft schöne Kleid, auf dem stand, dass es für Mirandas Abschlussball geschaffen war. Jedenfalls hatte meine Mama das so formuliert.

Ich trug die Tüte mit dem Kleid so vorsichtig, als könnten sich Schlangen herausringeln und mit ihren Goldaugen die ganze Welt zerfunkeln.

Es dunkelte schon und wir wollten noch ein Glas Prosecco auf unseren Einkaufserfolg trinken. Lachend ineinandergehakt gerieten wir in eine wartende Menge an einer S-Bahn-Station.

„Halt! Mama!" rief ich, denn die Menge nahm uns auf, teilte und sortierte mich mit meiner Tüte wieder aus.

Um mich herum nur Fremde, die mich schoben, über meine Schultern lugten oder durch meine Achseln spähten, um einen Blick darauf zu bekommen, was sich im innersten Ring des Menschenkreises abspielte.

Zwei Jugendliche, gleich aussehend, und doch war eine weiblich mit irgendwie kirschrotem Mund, traten auf einen älteren Mann ein, der am Boden lag und versuchte, sich mit beiden Händen an einem Mülleimer hochzuziehen.

Jedesmal, wenn er den Kopf ein paar Zentimeter hob, trat einer von beiden zu.

Es war so laut in dem Gemenge, dass mir der Kopf zu platzen schien und so still in mir, dass ich akkurat und deutlich mein Herz in meinen Ohren pochen hörte.

Jeder hielt sich fern von den drei Hauptakteuren und alle standen nah. Seltsam erschien mir, dass alle in ihre Handys sprachen. Ein Zug raste heran, von fern fing ein Martinshorn an zu läuten.

Auf dieses Signal wandten sich die beiden Hauptdarsteller ab und sprinteten an den Bahnsteig, beobachtet von der Menge.

Bevor der Zug hielt, strömten plötzlich schwarzgekleidete Security-Männer aus drei Richtungen auf den Bahnsteig und umzingelten die Jugendlichen.

Sie hatten keine Chance.

Gott sei Dank, dachte ich.

Das Martinshorn gellte immer lauter, diesmal hetzten weißgekleidete Menschen dazu.

Drei von ihnen liefen auf das gekrümmt daliegende Opfer zu, das in einer Blutlache lag. Ein vierter Weißgekleideter trat zu den von den Security-Leuten auf dem Boden festgehaltenen Jugendlichen. Er beugte sich zu ihnen hinunter und das Mädchen bäumte sich auf und spuckte ihn an. Er richtete sich auf, gab den schwarzen Männern mit zischender Stimme mir unverständliche Anweisungen, ging dann zu seinen Kollegen und ließ sich sein Gesicht desinfizieren.

Das Opfer wurde auf eine Trage geschnallt.

Wieder gellten Martinshörner.

Vier Polizisten trafen ein. Sie redeten mit der Security, legten den gewalttätigen Jugendlichen Handschellen an. Dann wiesen sie sie an, aufzustehen.

Sie rührten sich nicht.

Auch die Menschenmenge rührte sich nicht. Ich stand noch immer eingekeilt. Meine Mutter konnte ich nicht sehen.

Das Opfer wurde mit Infusionsflaschen versorgt. Zwei Polizisten hoben einen der Jugendlichen auf. Er wurde ganz nah an mir vorbeigeschleift. Er sah erschöpft aus, fast erstaunt über das, was er sich zugemutet hatte.

Jetzt begann die Menge zu bröckeln, ich spürte Luft, bewegte meine Ellenbogen. Die zwei verbliebenen Polizisten wiesen uns an, stehen zu bleiben. Einer blieb bei dem gefesselten Mädchen stehen, der andere bewegte sich in den inneren Kreis des Geschehens. Als er bemerkte, dass er in einem Blutfleck des Opfers stand, trat er hastig über den Kreidestrich.

„Bürgerinnen und Bürger dieses Rechtsstaates!" rief er. „Bewegen Sie sich nicht." Meine Ellenbogen wurden wieder eingeklemmt.

„Sie kennen Ihre Pflicht. In Situationen, in denen Mitbürger ihre Hilfe benötigen, müssen Sie als partizipierender Teil dieses Rechtssystems ihrer Verantwortung Genüge tun. Selbstverständlich ohne sich selbst zu schaden", fügte er mit etwas gesenkterer Stimme hinzu.

Wieder laut: „Aber, was zu tun ist, muss getan werden."

Ich wartete, die Menge stand.

„Wer von Ihnen hat sein Handy benutzt, um Hilfe zu rufen?"

Unversehens stand ich frei, denn alle erhoben ihren rechten Arm und reckten ihn mit dem Handy aufwärts. Arme bildeten ein Dachgeflecht und zerschnitten das Licht der Lampen. Ich hatte das Handy nicht dabei, ich hatte nur meine Tüte.

„Mama!" dachte ich.

Der Polizist hatte weitergeredet, sich dann umgedreht und das Mädchen mit seinem Kollegen hochgehoben.

Sie stolperte wie hirnlos zwischen beiden. Ihre Tränen strömten so dicht, dass von ihrem Gesicht nichts mehr zu erkennen war. Die Lippen waren nicht mehr rot. Meine Mutter packte mich am Ellenbogen, nahm mich fest in die Arme.

„Komm hier weg! Komm doch! Komm!"

Ich ließ mich von ihr wegzerren, als hätte ich Rollschuhe an.

„Wo kommen sie hin?"

„Wer?"

Die Menschen. Der Mann und", ich zögerte, „die Anderen!"

„Das weißt du doch." Wir konnten schon wieder frei laufen. Es war totdunkel geworden und hatte angefangen zu regnen. Die Autos waren so laut. Alles glitzerte in der Dunkelheit so deutlich und doch lang verzerrt.

„Sag's mir."

Meine Mutter, die Juristin, nahm meine rechte Hand und steckte sie in die Tasche ihrer Pelzjacke.

„Das Opfer wird bestens versorgt. Die Personalien der Täter werden noch im Polizeiwagen überprüft."

„Und dann?"

„Wenn sie Ersttäter sind, bekommen sie noch eine Chance. Unser Rechtssystem ist fair, das weißt Du. Wenn sie Mehrfachtäter sind, dann weißt Du, was passiert."

„Sag's mir!"

Meine Mutter wandte unwillig ihren Kopf von mir weg. Ich hörte, wie sie durch die Nase schnaufte. „Dann bekommen sie auf der Stelle die Todesspritze. Gut für sie und gut für uns."

Meine Mutter blieb stehen und nahm mein Gesicht in beide Hände. Sie betrachtete es liebevoll.

„Ich weiß, es ist schwer zu verstehen. Aber keine Gesellschaft kann sich auf Dauer permanente Rechtsbrecher leisten. Es wurde ja jahrzehntelang mit Resozialisierung, Therapien und aufwändigen Integrationsmaßnahmen gearbeitet. Inzwischen gibt es wissenschaftlich gestützte Ergebnisse von Genetikern, die beweisen, dass manche Menschen einfach nicht sozialisierbar sind. Vor denen muss die Gesellschaft sich schützen.

Übrigens ist überhaupt kein Geld mehr für diese sozialen Spielereien vorhanden“, fügte sie plötzlich in einem sachlichen Tonfall hinzu.

„Und ich? Wenn ich so etwas täte?“

Ich sah das Gesicht meiner Mutter über mir schweben. Das Auf und Ab der Werbungslichter ließ ihr Gesicht in einer grellen und dunklen Welt schwanken.

Gütig sah sie mich an. „Du? Du bist doch ganz anders. Wo ist übrigens Deine Einkaufstüte?“

„Was meinst Du?“ Ich starrte sie an.

„Miranda, Dein Kleid!“

„Die Tüte mit den Schlangen? Die habe ich verloren!“ Dann begann ich zu weinen.

Eine Zeit lang flossen meine Tränen völlig unkontrolliert bei jeder Gelegenheit. Wenn eine Tür zufiel, ein Hund bellte, Menschen laut redeten oder wenn es ganz still war. Wenn es regnete oder die Sonne schien.

„Posttraumatische Reaktion!“ nannte es meine Therapeutin sachlich. Sie schien sich keine Sorgen über meine Spinnerei zu machen und so ließ ich es auch irgendwann sein.

Natürlich trugen auch die kleinen blauen Pillen, die sie mir unterstützend verabreichte, zu einer erhabenen Gleichgültigkeit mir und meiner Umwelt gegenüber bei. Bis zu dem Moment, als ich eines Morgens auf unserer Terrasse saß und ein Glas Orangensaft zum Mund hob.

Die Sonne brach jäh durch die Wolken, überschüttete mich mit ihrem Glanz und ich schien geschmolzenes Gold zu trinken. Da spürte ich, dass ich die kleinen blauen Dinger nicht mehr brauchte.

In die Therapie ging ich aber noch zwei Jahre. Und sie hat mir wirklich viel gebracht.

Ich sitze auf einer Wartebank im S-Bahnhof und mir ist gerade mein Laptop geklaut worden. Doch mein Herz rast nicht mehr, die Hände sind ruhig, ich beobachte das Gewusel der Menschen um mich herum. Ich wünsche mir, irgendwann ihre Triebe und ihren Antrieb verstehen zu können.

„Deshalb", befehle ich mir innerlich, „stehe ich jetzt auf, gehe zu meiner Kommilitonin und lerne für die Klausur!"

Und ich mache den ersten Schritt.

„Jalousie“, Aquarell 2009

Suschi

ଔ

Am Anfang stand eine Erkenntnis. Sie saßen zusammen auf ihrem schmalen Blechbalkon, der wie ein wackliges Vogelnest an der Häuserfassade hing. Sie wohnten gerade nur im dritten Stock, aber Sue brachte es kaum fertig, sich über die Brüstung zu beugen, um einen Blick auf den immer perfekt getrimmten Rasen des Vorgartens zu werfen.

„Warum um Himmels Willen ist dieses Geländer nur so niedrig?“ pflegte sie zu klagen, um in noch tragischerem Tonfall hinzuzufügen, „und warum ist es aus Blech?“

„Erstens ist es nicht aus Blech, sondern aus Eisen“, begütigte Johannes dann, „und zweitens haben wir wenigstens einen Balkon! Unsere Untermieter besitzen keinen.“

„Dafür haben sie Gartenzugang!“ mäkelte Sue. Im Grunde genommen war sie aber sehr froh, den Balkon als Freiluftsitz benutzen zu können, anstatt sich wie die Mieter aus dem zweiten Stock mit der Hausbesitzerfamilie, die die beiden unteren Stockwerke bewohnte, den Garten teilen zu müssen.

Sue und Johannes verstanden sich ausgezeichnet mit den Familienmitgliedern des zahlreichen aramäischen Clans, aber sie wollten doch auch gerne mal zu zweit die Zeit verbringen, ohne gleich in den Strudel des Familiensogs zu geraten.

Außerdem war Thomas, das Familienoberhaupt, ein penibler Gärtner. Er verschenkte großzügig fantastisch schmeckende Tomaten, feurige Peperoni und wie lila Lack glänzende Auberginen, aber auf dem gepflegten Rasen durften selbst seine Enkelkinder keine Ballspiele betreiben. Unter dem Garagenvordach stand sein immer blitzblanker elektrischer Kugelgrill, und in die milde Frühlingsluft mischten sich würzige Grillwurstschwaden. Sue und Johannes schnupperten. „Wollen wir hinunter gehen?“ Johannes leerte seine Bierflasche. „Eine leckere Wurst würde gut dazu passen.“

Sue zögerte. Sie wusste, dass sie, wenn sie zu der Familie stießen, mit großer Herzlichkeit und Ehrlichkeit zur Teilnahme am gemeinsamen Essen aufgefordert werden würden, aber heute stand ihr der Sinn nicht danach.

„Nein“, sagte sie fest, „wir wollen heute Abend kniffeln und du kannst mir auch ein Bier geben.“ Sie spielten eine Zeitlang konzentriert, zählten Beträge zusammen, ärgerten sich über Fehlwürfe und tranken zufrieden ihr Bier.

Plötzlich lehnte Johannes sich zurück, verschränkte die Arme hinter seinem Nacken und blinzelte in den dämmrigen Frühlingshimmel. „Wir sitzen hier wie ein altes Ehepaar!“ sagte er gedehnt. Sue erschrak. ‚Er langweilt sich mit mir‘, dachte sie und fühlte sich schuldig.

„Na und“, sagte sie ruppig und rüttelte den Würfelbecher.

„Ich meine nur, dann könnten wir ja auch gleich heiraten!“

Sue ließ die Würfel rollen.

„Sieh mal, fünf Sechser!“ jubelte sie und riss wie bei einem Fußballspiel die Arme hoch. Johannes fing ihre torkelnde Bierflasche auf und grinste: „Das Schicksal ist auf unserer Seite und darauf Prost!“

In dieser Nacht schliefen sie glücklich und aneinandergekuschelt ein, dann wurden sie um vier Uhr morgens unbarmherzig geweckt. Sie verbrachten zwei herzhaft vergähnte Stunden, bis es ihnen vergönnt war, kurz nach sechs wieder einschlafen zu dürfen. Eine knappe Stunde später erwachte Sue, weil jemand versuchte, ihr die Haare auszureißen.

„Aaah“, sie taumelte durch sich immer wieder auf sie legende Schlafschwaden zur Ursache des Haareziehens vor.

Zwischen ihr und Johannes saß ein kleiner Buddha, die Ursache ihres frühmorgendlichen Umherwandelns. Er versuchte abwechselnd ihr und seinem Vater die Haare vom Kopf zu reißen. Mit seinem Schnuller im Mund blubberte er vor sich hin.

Als er merkte, dass seine Weckaktion zumindest bei seiner Mutter erfolgreich gewesen war, krabbelte er energisch über ihre Beine und versuchte, sich kopfüber von der Bettkante zu stürzen. Plötzlich hellwach packte ihn Sue am feuchten Hosenboden. „Oh du kleiner stinkender Wicht. Soll ich dir was erzählen? Deine Mama und dein Papa werden heiraten!“

So war der kleine Marc der Erste, der von ihren Hochzeitsplänen erfuhr.

Die Freunde staunten: “Ihr wollt wirklich heiraten?“

Die Eltern taten so, als ob sie nicht staunen würden: „Ihr habt ja schließlich auch das Kind, da sind geregelte Verhältnisse schon besser.“

„Aber wann und wie, in welchem Rahmen wollen wir eigentlich heiraten?“ Johannes sah Sue, die ihren gemeinsamen Sohn mit dem Breilöffel fütterte, auffordernd an. „Wie hast du dir das eigentlich vorgestellt?“

Sue blickte träumerisch vor sich hin. Geistesabwesend wischte sie den Breilöffel an Marcs Lätzchen ab und schob den

Gemüsebrei aus seiner Reichweite. „Früher wollte ich immer eine Punkerhochzeit haben“, sagte sie sanft.

„Eine Punkerhochzeit? Wir kennen doch überhaupt keine Punks!“ Johannes starrte sie an. „Na, du weißt schon! Gegen die Regeln der Eltern und so. Stell dich doch nicht so an! Wie hast du dir denn vorgestellt zu heiraten?“ Sue ging zum Angriff über.

„Wir gehen zum Standesamt und fertig!“ Bekräftigend hieb Johannes auf die Tischplatte.

Marc hatte es hingenommen, dass sein Abendessen unterbrochen wurde, ohne dass er schon satt war. Er sah ja seinen Breiteller in Reichweite und hoffte, dass es bald weiterging. Nach einer halben Minute war seine Geduld erschöpft, und er versuchte, sich aus seinem Hochstühlchen zu stemmen und über den Tisch zu reichen, immer lauter seinen Unwillen über die für ihn unbefriedigende Situation Ausdruck gebend. Als sein Vater auf den Tisch schlug, fing er laut zu weinen an. Seine Eltern hörten auf, sich anzustarren und wandten sich schuldbewusst ihrem Sprössling zu.

Eifrig schob ihm Sue den Breiteller zu, Johannes gab Marc seine Trinklerntasse und aus Versehen noch das Schälchen mit den Zuckerostereiern. Dies war der Anlass für Johannes, Sue das Zugeständnis einer aufwendigen Märchenhochzeit machen zu müssen.

„Natürlich geben wir euch was dazu!“ sagten die Eltern, wie Eltern nun mal sind, wenn es gute sind.

„Aber trotzdem“, sagte Johannes und kratzte sich an der Stirn, “trotzdem wird’s eng!“

Diskret entfernte sich der Geschäftsführer des ausgewählten Feststandortes ein paar Schritte, um das junge Paar seinem Gedankenaustausch zu überlassen.

Sue trat an das weißlackierte Geländer und blickte auf die Grünfläche, die sich zum See hinuntersenkte.

„Es ist wirklich traumhaft hier. Auf dieser herrlichen Freiterrasse könnte der Sektempfang stattfinden und abends würden wir unter Lampions tanzen …“, sie summte Walzertakte vor sich hin.

Johannes bockte. „Ich kann nicht tanzen!“ „Du wirst es müssen! Du wirst es lernen!“ sang Sue im Dreivierteltakt vor sich hin und tanzte ein paar Schritte zur Treppe hin, die zum Rasen hinunterführte. „Und hier könnten wir die perfekten Hochzeitsfotos machen lassen …. Ich lasse meinen Schleier im Seewind flattern ….“ Ihre Hände deuteten graziöse Bewegungen an.

„Deinen Schleier? Ich wusste gar nicht, dass du Muslimin bist.“ Sue blickte Johannes böse an. „Kannst du deine Schmalspurwitze bitte für dich behalten …, “ kurze Pause, „Joschi?“

Johannes wurde ernsthaft bewusst, dass mit einer Frau keine faden Witze über ihre Hochzeit zu machen waren, ohne diese zutiefst zu verstimmen. Sonst hätte sie ihn nicht bei seinem, wie sie sehr genau wusste, verhassten Kindheitsnamen genannt.

Trotzdem gab er nicht nach. „Ja bitte?“ Kunstpause. „Susanne?“ Ihre Taufnamen waren Johannes und Susanne. Sue hatte alle Formen der Abkürzung ihres Namens Ausprobiert und sich mit fünfzehn für Sue entschieden.

Johannes kannte sie schon ein halbes Jahr, bevor er ihren richtigen Namen erfuhr. Sogar ihre Eltern riefen sie „Sue“.

Sie dagegen erfuhr ziemlich früh von der Existenz des Kumpelnamens „Joschi“.

„So nennen mich nur alte Freunde aus der Schule. Oder aus der Kneipe. Oder von der Uni.“ Also so ziemlich alle.

Aber als ein befreundeter Witzbold eines besoffenen Abends entdeckte, dass das Paar Sue und Joschi ein prima Suschi ergäbe, reichte es ihnen. Sie bestanden auf voller Namensnennung ‚Johannes'.

„Gut! Wie du meinst!" Sue drehte sich um. Ihre Absätze klackten hart und präzise auf dem Dielenboden, als sie sich in Richtung Terrassentür bewegte. Im Restaurant sprach der Geschäftsführer mit einigen Serviceleuten. „Halt!" Johannes sprang hinter Sue her. Durch die Glastür konnte er die auf der Theke liegende Reservierungskladde erkennen.

Er ergriff Sues Hand und zog sie wieder in Richtung Geländer. „Warte doch! Was ist denn los? Du hast ja recht, hier ist es wirklich schön. Ich kann mir gut vorstellen, hier mit unseren Verwandten und Freunden zu feiern." Sue lief eine Träne die Wange hinunter. Johannes küsste sie weg.

„Wir gehen jetzt hinein und buchen verbindlich. Wenn wir diesen Sommer hier heiraten wollen, bekommen wir sonst später keinen Termin mehr." „Aber…". „Du wirst hier meine Märchenbraut mit märchenhaftem Schleier sein, meinetwegen kann er zehn Meter messen. Wir werden den ganzen Kindergarten buchen müssen, um genügend Zwerge zu haben, die den Schleier schleppen und mit Blüten werfen oder die ganzen Blumenkörbe auf die Gäste schleudern. Marc würde das machen, weißt du?"

Sue kicherte dünn. Dann griff sie nach Johannes' Hand.

„Gut, dass wir unserem Sohn den Namen Marc gegeben haben. Den kann man nicht abkürzen."

Die Vorbereitungen für das Fest dehnten sich aus. Ja, sie bekamen eine eigene Dimension, als wäre das eigentliche Fest nur

Nebensache, denn all dieses quirlige Planen unter Zuhilfenahme von Festnetz, Handy, Internet und sogar dem guten alten Postweg endete ja dann damit.

Zeit begann eine Rolle zu spielen. Selbstverständlich mussten alle Eingeladenen Zeit haben. Die Trauzeugen sollten sich für den Junggesellenabschied Zeit nehmen und sogar der Pfarrer musste Zeit haben. Sie bastelten sich Zeitfenster für Zu- und Absagen, für Reservierungen in Hotels und Pensionen und verschickten Menülisten an ihnen bekannte Allergiker, mit der Bitte, sie in einem bestimmten Zeitrahmen zurückzuschicken.

Der Hochzeitsplan rollte voran wie ein riesiges Wollknäuel, dem sich ständig neue Handlungsfäden zugesellten.

„Der uns empfohlene Fotograf hat an diesem Termin keine Zeit", teilte Sue Johannes mit.

Sie badeten gemeinsam ihren Sohn Marc in einer Plastikwanne, die in der großen Badewanne stand. Marc juchzte vor Freude. Er war von zahlreichen Schwimmfiguren umgeben. Manche mussten nur das Wasser berühren und sie fingen an, eilfertig herumzusurren. Aber Marcs Favorit war seine gelbe Sandschaufel, mit der er kräftig auf das Wasser patschen konnte, es auch tat und so minutenschnell den Wasserpegel senkte, indem er seine Eltern gründlich durchfeuchtete. Die waren aber inzwischen gewitzt und hockten in Badekleidung vor ihrem Kind.

„Na und?" sagte Johannes und wischte sich das Gesicht.

Sue hielt sich ein Handtuch vor. „Marc, nicht so wild", sagte sie milde. Dieser schaufelte, so schnell es in seinen Möglichkeiten lag, das Badewasser über den Wannenrand hinaus. „Jetzt reicht's!" sagte Johannes und entwand ihm die Schaufel. Zornschreiend warf Marc das Badethermometer seiner Mutter an den Kopf. „O.k. Die Badesaison ist hiermit beendet“, sagte Sue und hüllte ihren zürnenden Zwerg in ein Badetuch, über das viele Marienkäferchen krabbelten. „Schau mal, da ist noch ein Käfer“, versuchte sie ihn abzulenken. „Ist das nicht noch zu früh für die erste Trotzphase?“ fragte Johannes.

„Marc ist eben in allem früher dran“, antwortete die stolze Mutter. Während des Abendbreis beruhigte sich das Kind wieder. Rosig, mit weißblondem hochgekämmtem Schopf, löffelte er beidhändig sein Gemüse. Er bestand darauf, mit zwei Löffeln zu essen.

„Das hat er sich in der Kita angewöhnt. Ich glaube, er hat Angst, die anderen Kinder essen ihm sonst alles weg.“ Stolz musterten beide Eltern ihr vor Gesundheit strahlendes Kind.

„Also, du sagtest, der Fotograf habe zu unserem Hochzeitstermin keine Zeit?“ kam Johannes auf das angebrochene Gespräch zurück.

„Ja, er ist für die nächsten vier Monate ausgebucht. Und die Hochzeit ist in knapp zwei Monaten, wie du weißt“, fügte Sue sachlich hinzu. Johannes musterte seine baldige Ehefrau. Mit ihrem klaren, schönen Gesicht schaute sie liebevoll lächelnd auf ihr Kind. Sein Herz wurde von einer Liebeswelle geflutet und er schwor sich, Himmel und Hölle in Bewegung zu setzen, um ihr die Hochzeit zu ermöglichen, von der sie träumte. „Na, dann buch doch einen anderen. Irgendein Fotograf oder eine Fotografin werden doch Interesse daran haben, Geld zu verdienen. Ich denke, wir haben eine wirtschaftliche Rezession.“

„Das ist nicht das Problem. Dieser Fotograf war eben gut und günstig. Die Kosten laufen uns davon. Wir müssen schon kalkulieren, denn nächste Woche werde ich Brautkleider anprobieren. Und die werden auch nicht billig sein.“

„Wir haben alle Modelle und was wir nicht hier haben, können wir bestellen“, zwitscherte die sanftäugige Verkäuferin, die Sue und ihre beiden besten Freundinnen in Empfang nahm.

„Darf ich Ihnen ein Glas Sekt anbieten?“ Alle drei Mädels nickten gehorsam. Um zehn Uhr morgens war Sekt in dieser mit rotem Samt ausgeschlagenen Traumhöhle das einzig passende Getränk. Vier goldene Stühlchen umstanden das Vorführpodest für die Braut.

Die Sanftäugige schnippte mit den Fingern. „Legen Sie ab, nehmen Sie Platz, entspannen Sie sich, unsere Suleika wird Sie umsorgen. Wer ist die Braut?“

Sue stand brav aus ihrem Stühlchen wieder auf. „Ich!“ sagte sie stolz. Sie fühlte sich wie auf ihren Kindergeburtstagen. Vielleicht bekam sie eine goldene Papierkrone aufgesetzt? Oder eins von den Diademen, die sie vorher schon aufgeregt zwitschernd in den Vitrinen bewundert hatten?

Dunkle Augen musterten sie streng. „Größe zweiundvierzig/vierundvierzig schätze ich?“

„Eher vierundvierzig!“ sagte Sue verlegen.

„Ja, das geht auch. Wir haben alles da. In welche Richtung gehen Ihre Wünsche?“

„Oooh…“

„Hier haben wir ein bezauberndes deux-pièce …“

Sue musterte das matronenhafte Ensemble, das von beiden Verkäuferinnen herbeigeschleppt und von der Schutzhülle befreit wurde. Sue nahm einen großen Schluck Sekt. „Ich bin nicht schwanger. Ich suche eher etwas Taillenbetontes.“ „Mit Korsage und Dekolleté!“ krähte ihre Freundin Sandra.

„Gewiss! Wir können alles ändern.“ Ein neuer Kleidertraum wurde enthüllt. „Sie probieren und wir werden schauen.“

Sue winkte ihren Freundinnen zu und ging in die Ankleidekabine. Sie stieg in das Kleid. Es sah herrlich aus. Von vorn. Auf ihrem Rücken klaffte ein zehn Zentimeter breiter Spalt. „Was ist das für eine Größe?“ Die Samtäugige schaute nach. „Größe vierzig.“ „Ich brauche vierundvierzig.“ „Ja, wir haben alles da und wir können alles ändern.“ Die Verkäuferin hüllte das Kleid wieder sorgfältig ein und verschwand.

„Hätte ich doch den Sekt nicht getrunken!“ Sue begann sich heiß und schwitzig zu fühlen. Sie lugte durch den Samtvorhang der Kabine auf ihre Freundinnen, die den Raum durchstreiften und mit roten Backen Kleider hervorzogen. Wären doch diese lästigen Verkäuferinnen nicht gewesen, die ihnen ständig auf die Finger schauten und die Vitrinen mit dem Blumenhaarschmuck und den Diademen partout nicht aufschließen wollten.

„Erst suchen wir das Kleid aus, dann die dazu passenden Accessoires“, versuchte die Verkäuferin namens Suleika Sues Freundinnen zu beschwichtigen.

„Ich will auch heiraten“, kreischte Elena und riss sich ihr Haargummi aus der dunklen Mähne. „Geben Sie mir das Diadem mit dem Krönchen auf dem Zacken“, sie leerte ihr Glas glucksend, „aber zack, zack! Und bitte noch ein Glas Sekt!“ Sue seufzte. Sie kannte das gut. Sekt hatte auf Sandra und Elena immer eine enthemmende Wirkung.

Früher zogen sie, wenn sie ausgingen, in ihrem Stammclub, eine lesbische Show ab und das verfehlte seine Wirkung auf das männliche Geschlecht nie.

Zur Auffälligkeit trugen auch ihre unterschiedlichen Haarfarben bei. Sue war blond, Elena schwarzhaarig und Sandra rot gefärbt. In ihrem Lieblingsclub hießen sie als Trio „Die Deutschlandflagge“.

„Hier bitte, ein Kleid in Größe vierundvierzig." Die Chefverkäuferin schleppte einen üppigen Kleidersack herein. Sue tauchte mit ihren Gedanken wieder in das Hier und Jetzt ein.

„Bitte schön, probieren Sie diese Korsage. Sie werden sehen, wie wunderschön ihr Dekolleté zur Geltung kommen wird. Gehorsam presste Sue ihre üppigen Brüste in crèmefarbene Spitze. „So, und jetzt das Kleid." Sue stieg hinein. Es raschelte und rieselte angenehm duftig um sie herum. „Man müsste jeden Tag so ein Kleid tragen. Das ist ein schönes, sinnliches Gefühl", dachte sie. Ihre Haut fühlte sich gestreichelt an. Ein Reißverschluss wurde hochgezogen, Häkchen geschlossen.

„Bitte schön!" Die Verkäuferin trat zurück. Sue betrachtete sich in den Kabinenspiegeln. Das Kleid war wunderschön, am Ausschnitt mit weißen Röschen bestickt, hatte einen Spitzenunterrock und eine lange Seidenschleppe.

„Es ist zu weit!" sagten Sue und die Verkäuferin gleichzeitig. „Das macht nichts. Wir können alles ändern."

In Windeseile steckte die Chefin mit stoffbezogenen Klammern die Kleiderfülle im Rücken zusammen. „Jaa! Das nenn' ich eine Taille", dachte Sue zufrieden und strich sich darüber. Sie wurde noch mit Krönchen und einem silberumrandeten Schleier ausgestattet, dann öffnete die Verkäuferin die Samtportiere ihrer Kabine.

„Meine Damen, hier kommt die Braut!" Sandra und Elena setzten sich kichernd in die goldenen Stühlchen. Sue schritt heraus und stellte sich von der Verkäuferin geleitet auf ein Podest.

„Wow!" In den Augen ihrer Freundinnen stand der nackte Neid. Sue sah es mit Befriedigung. Dies war ihr Traumkleid (bis auf die Igel-Klammern im Rücken)!

Sie musste es haben.

„Was kostet es?“ Bei jeder ihrer Bewegungen vor den Spiegeln funkelte und schimmerte ihre kostbare Bekleidung.

Die Verkäuferinnen berieten sich flüsternd. Plötzlich fuhr die Chefin herum. „Fotografieren ist hier verboten! Wir müssen Sie bitten, ihr Handy wegzulegen.“

Sandra stieß Elena mit dem Ellenbogen in die Rippen. „Industriespionin! Für welche Firma arbeitest du?“ sagte sie kichernd. Schmollend steckte Elena ihr Smart-phone weg. „Ich wollte doch nur zur Erinnerung an diesen Tag ein Bild von Sue machen. Sie ist die Erste von uns Dreien, die heiratet.“

Sue schenkte dem Wortgeplänkel keine Beachtung. Sie wartete voller Spannung auf das Ende der Berechnung.

„Also, alles in allem und mit Allem, inklusive Änderung, kostet dieses Kleid“, die Chefin machte eine Kunstpause, „zwölfhundert Euro.“ Sie sah Sues Blick und fügte hinzu, „Dies ist ein absoluter Schnäppchenpreis, ein Outletpreis. Das finden Sie sonst nirgends.“

„Das Kleid ist schön!“ wisperte Elena.

„Zwölfhundert Euro für ein Kleid, das nur einen Tag getragen wird?“ wandte Sandra sachlich ein. Sue kam es vor, als ob jeweils ein Teufelchen und ein Engelchen auf ihrer Schulter säßen, die ihre Gedanken als Sandra und Elena aussprachen.

„Ich weiß nicht“, sagte sie unschlüssig, „zwölfhundert Euro haben wir nicht eingeplant. Haben Sie nichts Günstigeres?“

„Wir haben alles, was Sie wünschen“, sprach die Chefin gemessen, „doch der Kleiderstil, den Sie bevorzugen, bewegt sich in diesem Preisrahmen.“

„Zeigen Sie mir ein schlichteres Modell!“ sagte Sue entschlossen. Widerstrebend ließ sie sich die üppigen Seidenschichten von der Haut entfernen und schlüpfte in cremefarbenes Kleid mit gemäßigtem Volantrock. Es stand ihr gut, kostete 700 € und passte. „Jaaa“, beide Freundinnen wiegten die Köpfe, „es sieht ganz gut aus.“

„Ganz gut reicht mir nicht. Dafür sind auch 700 € zu viel“, dachte Sue. Laut fragte sie, wie lange den die Änderung ihres teuren Traumkleides dauern würde. Zehn bis zwölf Wochen lautete die Antwort.

„Ich wusste doch nicht, dass man Brautkleider üblicherweise ein halbes Jahr vor der Hochzeit bestellt, damit es von der Brautmodefirma geliefert werden kann, um es dann im hauseigenen Atelier in einem weiten Zeitrahmen maßgerecht zu ändern“, jammerte Sue und rührte ihren Espresso, als müsste sie ihn aus der winzigen Tasse hinausbugsieren.

„Wir haben ja auch noch keine Erfahrungen mit Hochzeiten, jedenfalls nicht als Braut“, sagte Elena. „Die kommen schon noch“, meinte Sandra.

„Hört auf“, stöhnte Sue, „ich bin die Braut und habe kein Kleid.“

Nach dem der Schock über die Information der Änderungsdauer sie aus dem Brautmodengeschäft getrieben hatte, waren sie auf der Suche nach ernüchternden Getränken in einem italienischen Eiscafé gelandet.

„Das zweite Kleid hättest du haben können“, erinnerte Sandra.

„Aber es gefiel mir nicht so gut. Das erste Brautkleid fand ich wunderschön, aber mit so viel Geld haben wir nicht gerechnet und steht uns auch gar nicht mehr zur Verfügung.“

Elena grub ihren Löffel durch eine Vanilleeiskugel. „Hmmm, darunter ist Schokoladensoße, das schmeckt zusammen genial.

Übrigens", sie schleckte wie eine Katze, „ich habe letzte Woche in einem Life-Style-Magazin einen interessanten Beitrag gesehen."

„Gott sei Dank, dass du da bist!" Johannes hatte gerade die Wohnungstür geöffnet und bekam Marc in den Arm gedrückt.

„He, was ist denn los? Kann ich bitte erst meine Jacke ausziehen? Ja, Papa nimmt dich gleich wieder hoch", versuchte er seinen nörgelnden Sohn zu beruhigen.

„Ach Schatz", Sue gab Johannes einen flüchtigen Kuss, „bitte gib Marc auch seinen Brei. Ich muss dringend ins Internet und du weißt ja, dass Marc mich dann nicht in Ruhe lässt."

Während Sue durch die Wohnung hastete, erzählte sie ihrem genervten Lebensgefährten von dem glühheißen Tipp ihrer Freundin Elena. In China gab es Brautkleider für einen Euro, Lieferung in dreißig, maximal vierzig Tagen! Maßgeschneidert! Johannes glaubte das nicht. „Doch, doch! Schau hier!" Sue hatte eine entsprechende Seite gefunden und blätterte sich durch das Angebot.

„Wo ist da der Haken?" Johannes blieb weiter skeptisch.

„Es gibt keinen. Glaube mir. Der Versand kostet ab hundert Euro und eventuell kommen noch Zollgebühren dazu. So kommen die chinesischen Schneidereien zu ihrem Gewinn und wir zu einem günstigen Hochzeitskleid."

Sue erzählte von der Anprobe und den Schnäppchenpreisen. Triumphierend sah sie Johannes bedenkliche Miene.

„Das ist die Lösung für uns, ich bin fest entschlossen, diese Möglichkeit, ein bezahlbares Brautkleid zu bekommen, zu nutzen."

Ihr noch Lebensgefährte und baldiger Ehemann machte den Vorschlag, eventuell doch dem Ratschlag seiner Mutter zu folgen, statt des gewünschten Märchenkleides ein klassisches weißes Kostüm zu erwerben, das Sue dann auch wunderbar in ihrem Job in der Bank tragen könne.

Sue sah ihn mitleidig an. „Ja klar, ich ziehe ein weißes Kostüm an, lasse mir goldene Knöpfe annähen und wenn ich ein Kundengespräch habe, hole ich die passende Kapitänsmütze heraus. Nichts gegen deine Mutter“, sagte sie versöhnlich, „aber ich möchte kein praktisch doppelt verwendbares Kostüm zu meiner Hochzeit haben.“

Sie wandte sich ihrem Laptop zu.

Das Kleid war bestellt. Die Bestätigung ihrer Orderung erfolgte und sie überwiesen hundertfünfzig Euro an das angegebene Bankkonto für ein komplettes Brautkleid mit Spitzenunterrock, Schleppe und Schleier. Sue hatte sich von Johannes sorgfältig ausmessen lassen, vierundzwanzig verschiedene Längenangaben wurden benötigt, um ihr ihr Traumkleid auf den Leib maßzuschneidern. Jetzt konnte sie in Ruhe abwarten.

Nach dreißig Tagen fing Sue an, unruhig zu werden. Die Zeit verstrich so schnell und auf ihre Emails nach China wurde nur ganz sporadisch in einem verwirrenden Englisch geantwortet. Als sie die Bestellung aufgegeben hatten, waren ihre Brautkleidlieferanten am anderen Ende der Welt flinker gewesen. In dreizehn Tagen war die Hochzeit. „Oh Gott, hoffentlich bedeutet die Zahl kein schlechtes Vorzeichen“, gruselte sich Sue.

Sie war normalerweise überhaupt nicht abergläubisch, aber in den letzten Wochen hatte sie sich etliche skeptische Kommentare über ihre Bestellung anhören müssen. Viele hatten noch nie von dieser Möglichkeit des günstigen Hochzeitkleidkaufs gehört und die, die es kannten, waren der Ansicht, der Stoff müsse von ganz minderer Qualität sein. Vergebens wies Sue dann auf die positiven Bewertungen der chinesischen Schneiderwerkstatt hin. Mut machte ihr auch der Email-Kontakt zu einer ehemaligen Kundin, die Sue bestätigte, dass ihr das bestellte Kleid exakt gepasst und ihren ästhetischen Vorstellungen entsprochen hätte.

„Jaa", hatte ihre Mutter gesagt, „der Eine hat eben hohe Erwartungen und der Andere nicht. Wie steht es denn mit dir?"

Inzwischen war Sue soweit, dass sie froh wäre, wenn sie überhaupt ein Hochzeitskleid zu ihrer Trauung anhätte, wie es aussehen würde, war schon fast zweitrangig.

Im Schrank hing der Anzug ihres zukünftigen Mannes, rehbraun gestreift, mit einer Weste, die in gold-floralem Muster prangte, Plastron, und einem Hemd mit Manschettenknöpfen.

„Hilfe, und ich habe nichts anzuziehen für meinen großen Tag. Die Zeit rennt mir davon und diese verflixten Chinesen antworten nicht auf meine Emails. Was mache ich, wenn sie die maximale Lieferzeit von vierzig Tagen überschreiten?"

Johannes versuchte sie zu beruhigen. „Ich schreibe ihnen gleich noch mal und versuche, ihnen mehr Druck zu machen."

Erstaunlicherweise erhielten sie prompt Antwort. Sie lautete:

„Hello Sue. we have already use UPS mail the way mail dress to you. I am very sorry for the delay reply. If you have any questions please mail us. we will reply you short."

Danach hörten sie nichts mehr, egal was sie mailten und drohten. Sie erhielten auch kein Paket.

Sue wurde ein Nervenbündel.

Am zehnten Tag des Wartens erzählte sie der mitfühlenden Elena am Telefon, dass sie drei Kilo abgenommen habe, „das Kleid würde mir sowieso nicht mehr passen", probierte sie mit Galgenhumor zu lachen. Ihre Freundinnen, Mutter und Schwiegermutter versuchten, sie zu überreden, das ihr passende Kleid aus dem Brautmodengeschäft zu kaufen, aber Sue weigerte sich.

„Und wenn das Kleid aus China kommt? Dann habe ich zwei Hochzeitskleider. Das ist doch Irrsinn. Zwei Stück für einen Tag!“ Als wäre ihr beschieden, zwei Kleider oder keins zu besitzen, eins schien nicht möglich zu sein.

Sue bestand darauf, zu warten und begann jeden Morgen mit flattrigen Nerven, nervösem Magen und Yogaübungen, soweit Marc dies zuließ.

Am Vorabend der Hochzeit erhielten sie per Email eine tracking number, anhand der sie verfolgen konnten, dass ihr Paket aus China auf dem Weg von Warschau nach Köln war. Sie wohnten in Berlin.

Aaah, Sue massierte sich den schmerzenden Nacken. Ihre Friseurin war dagewesen und hatte ihr die taillenlangen blonden Haare zu einer Flechtkrone aufgesteckt. Sue trug jetzt falsche Wimpern und ein angeblich vierundzwanzig Stunden haltbares Make-up. Vorsichtig wischte sie darüber, es färbte wirklich nicht ab. Aber das war auch egal, sie hatte ja kein weißes Kleid. In einer halben Stunde würde ihr Vater sie mit dem gemieteten weißen Cadillac abholen. Johannes war mit Marc schon vorausgefahren. Die beiden Großmütter würden sich um das Kind kümmern.

Es wurde Zeit, sich anzuziehen. Keiner wusste, was sie tragen würde. Sue hatte es bis gestern auch nicht gewusst. Sue hatte sich an die Hoffnung geklammert, dass das Kleid doch noch in der Zeit kommen würde. Ja, sie war sich innerlich sicher gewesen. Der Gedanke, dass ihr Kleid rechtzeitig zu der Trauung da sein würde, war wie ein Seil an einer schwankenden Brücke über einen Abgrund gewesen, an dem sie sich von Tag zu Tag vorwärtshangelte. Jetzt galt es, die Überquerung abzuschließen und am anderen Ufer anzukommen, denn an ihrem Hochzeitstag fiel sie in keinen Abgrund.

„Ich bin pures Zen!“ sagte sie sich, ließ den Morgenmantel fallen und betrachtete sich nackt im Spiegel. Sie sah eindeutig gut aus. Die Brüste üppig, die Taille schmal. Die hochgesteckten Haare ließen ihr Gesicht zart aussehen, die Kunstwimpern beschatteten die Augen mondän.

„Wer braucht denn da ein Kleid?“ murmelte sie und zwängte sich in die Korsage, die unter das, was sie sich ausgewählt hatte, passen würde. Mit Bedauern legte sie die halterlosen weißen Strümpfe mit dem Spitzenrand beiseite, die würden albern aussehen.

Allerdings konnte sie das blaue Strumpfband tragen, unter dem wadenlangen Rock sah das keiner. Dann schlüpfte Sue in das cremefarbene Neckholderkleid, das sie getragen hatte, als sie und Johannes zum ersten Mal bei gemeinsamen Freunden aufeinandertrafen. Johannes war mit seiner damaligen Freundin erschienen und Sue erinnerte sich noch genau an die bedauernden Blicke, die sie sich gegenseitig über Schultern und Köpfe anderer Menschen zuwarfen. Es zog sie zueinander hin, aber in den folgenden Wochen trafen sie sich nie alleine. Dann reiste seine Freundin für ein halbes Jahr zu einem Berufspraktikum nach Washington D.C. Johannes besuchte sie dort und nach seiner Rückkehr bat er Sue, mit ihm auszugehen.

Sie hatten sich befangen und wortlos gegenüber gesessen. Sue hatte versucht durch einen Strohhalm den Obstbrei, der sich Cocktail nannte, zu schlürfen, da nahm Johannes ihre Hand, drehte sie um und küsste die Innenfläche. Er und seine Freundin hatten sich wegen unüberwindbar unterschiedlicher Vorstellungen getrennt. So hatte es angefangen. Ob Johannes sich wohl noch an dieses Kleid erinnerte? Wohl kaum. Ein unbefangener Beobachter würde wohl denken, es wäre für ein Brautkleid etwas schlicht, aber manche mögen's eben nicht heiß. Ihre liebevoll zusammengekauften Accessoires für die große Robe passten nicht ganz dazu.

Die Korsage war zwar das ideale Darunter, aber die Strümpfe und die Satinschuhe wirkten zu elegant und die Perlen ihrer Mutter verloren sich in dem Neckholderausschnitt.

Auch das Diadem musste sie weglassen. Sie streifte sich helle, hochhackige Sommersandaletten über, griff sich ihren Brautstrauß aus roten Rosen und weißen Kamelien und betrachtete sich im Spiegel.

Sie sah sehr hübsch und auch festlich aus. Aber eher wie eine Brautjungfer und nicht wie eine Braut. Fast wären ihr doch noch Tränen die Wangen hinabgerollt, sie schluckte sie energisch und mit verzweifeltem Augenzwinkern hinunter.

Es klingelte, das musste ihr Vater sein. Sue sah auf die Uhr, in einer halben Stunde war die Trauung. Das Timing war perfekt. Sie sah sich um, schnappte sich ihr festliches Täschchen, verließ die Wohnung und stieg die Treppen hinab. Als sie im dämmrigen Flur die Haustür öffnete, traf sie das strahlende Sonnenlicht wie ein Scheinwerfer. Schützend hielt sie eine Hand vor die Augen, war das ihr Vater neben dem Briefkasten?

„Wen suchen Sie?“ fragte sie schnaufend vor Atemlosigkeit den Boten in UPS-Uniform. „Ein Paket für Fechner“, sagte der Götterbote. „Das bin ich, das bin ich. Warten Sie!“ Sie raste auf hohen Hacken wie eine Sprinterin zu ihrem Vater, der in vorbildlicher Haltung die Tür zum Fond des Cadillac offenhielt. „Papa, komm!" keuchte sie.

„Wohin?"

„Nach oben, in die Wohnung."

„Aber warum? Außerdem stehe ich im Halteverbot!"

„Komm! Jetzt! Mit!"

Ihr Vater, selbst ein autoritärer Mensch, erkannte, wann man gehorchen musste. Er bezahlte dem UPS-Angestellten die Zollgebühren und nahm ein kleines Paket in Empfang.

„Was ist denn da drin?" keuchte er hinter seiner Tochter die Treppe hinauf. „Mein Brautkleid!" „In dem kleinen Ding? Das kann doch gar nicht sein. Da passt ja nicht mal ein Nachthemd `rein." „Ruhe!" Sue raste in die Küche, nahm eine Schere und schnitt das Paket auf. Plötzlich hielt sie inne. „Gaanz langsam", ermahnte sie sich selber, „nicht dass ich aus Versehen etwas zerschneide. Wer es eilig hat, soll einen Umweg gehen, das ist ein japanisches Sprichwort", informierte sie ihren Vater.

Der verfolgte mit gekreuzten Armen das Hantieren seiner Tochter. „Da ist der Schleier, da ist das Kleid." „Wo?" „Hier!" Sue zeigte auf einen vakuumierten Beutel. Sie stach hinein, riss auf. Weißer Stoff öffnete sich wie ein Fallschirm, breitete sich aus. „Siehst du, das ist das Kleid. Ich muss nur den Rock bügeln."

Das Kleid sah ganz wie auf dem Internet-Foto aus. Es roch allerdings wie frisch aus einer chemischen Reinigung. Ihr Vater schnupperte. „Riecht etwas streng, was?" „Da kommt Parfüm drauf. Hilf mir jetzt bitte!"

Sie riss sich ihr Neckholderkleid vom Körper, zog Schuhe aus, zog Strümpfe über, Strumpfband darüber, zog Schuhe an, tauschte Schmuck aus. Sie kam sich wie eine Akkordarbeiterin vor, die in einem bestimmten Zeitlimit das bestmögliche Ergebnis erzielen musste.

Sie stieg in das im Eiltempo gebügelte Kleid. „Papa, hak' bitte das Oberteil zu und ziehe die Schnüre fest. Ganz fest! Noch fester!“ Ihr Vater gehorchte. Während er langsam Öse für Öse zuhakte, steckte sich Sue das Diadem auf die Haarflechtkrone und befestigte den Schleier daran.

„Fertig, Papa?“ „Ja, fertig!“ „Wir können gehen. Halt, das Parfüm!“ Sie ließ sich von ihrem Vater aus einem halben Meter Entfernung das Kleid besprühen. Bloß keine Flecken draufspritzen!

Als sie gemeinsam aus der Haustür traten, begannen die Zwölfuhrglocken zu läuten. „Jetzt sollte die Trauung beginnen!“ „Dann lass uns losfahren, Papa!“

Erst machte sich Johannes über die Verspätung der Braut keine Gedanken. Es gehörte dazu, dass der Bräutigam fünf, ja zehn Minuten auf das Erscheinen der Hauptperson warten musste. Nach einer Viertelstunde kam er sich aber wie in einem Kasperltheater vor. Alle paar Minuten erschien der Pfarrer aus einer kleinen Seitentür, guckte sich um und verschwand wieder. Der Organist schlug ein paar Takte an und verstummte. Ein zaghaftes Glockengeläut wehte ab und zu durch die Kirche und verflatterte.

„Wo bleibt Sue?“ zischte Johannes seinen Trauzeugen an, der auf das Samtkissen mit den Trauringen starrte, als könne er nicht bis zwei zählen. „Woher soll ich das wissen?“ zischte dieser zurück.

„Du hast ein Handy, ich habe keins. Ruf an!“ Aus dem Gezische war ein lauter Hilferuf geworden, wie Johannes aus den

Gesichtern der umsitzenden Menschen sehen konnte. Kinder jammerten vor Langeweile, das Summen der Unterhaltungsflüsterei steigerte sich in der Lautstärke.

„Da geht keiner `ran!“ Trauzeuge Jan schlüpfte in die Kirchenbank zurück.

Plötzlich erhob sich der Organist auf ein Zeichen des Küsters. „Sie kommen? Ja, sie kommen. Die Braut kommt!“

Erleichtert ließ er sich auf sein Orgelbänkchen plumpsen. Der Küster ließ die Glocken jubilieren. Der Pfarrer erschien und postierte sich. Die Gemeinde wurde still. Kinder spürten die Erwartung und beruhigten sich. Johannes` Herz pochte so stark, dass seine Haut am Hals über dem Kragen vibrierte.

Alles zu Ehren der Braut.

Ja, eine Hochzeit ohne Braut taugt nichts, egal, wie spät sie erscheint. „Oder egal, was sie anhat!“ dachte Johannes, bevor er seine zukünftige Frau erblickte. Der Organist intonierte gefühlvoll den Hochzeitsmarsch, und Sue schritt an dem Arm ihres Vaters in einem leuchtend schwingenden Hochzeitskleid auf ihn zu.

Nach der Trauungszeremonie, in der Johannes aufgrund des auf- und abschwellenden Rauschens in seinem Ohr kein Wort des Pfarrers verstanden hatte, küsste sich das frischgetraute Ehepaar.

Johannes roch das ihm wohlbekannte Parfüm von Sue, aber da war noch ein anderer Geruch, „als ob sie sich desinfiziert hätte“, dachte er vage.

Sie schritten Arm in Arm durch das Kirchenschiff. „Ich danke dir!“ brach die Aufregung der letzten Stunde aus Johannes heraus. „Ja, ich dich auch!“ antwortete Sue lächelnd. Jetzt fühlte sie sich federleicht, fast außerhalb sich selbst, als würde sie nur von ihrem Kleid getragen. Sie registrierte Marc, der zwischen seinen Großmüttern saß, ein Lutscher steckte in seinem Mund und ein leuchtendroter Lolli klebte auf seiner Minifliege. Beide Omas hatten zu altbewährten Beruhigungsmitteln gegriffen.

„Alles hat seine Zeit!" dachte sie friedlich. Vor der Kirchentür blieben sie auf der Treppe stehen, ließen die Gäste vorbeiziehen und warteten auf den Fotografen.

Der Pfarrer gesellte sich zu ihnen. Nur sein leicht wogendes Amtskleid verriet die Tatsache, dass er unter Zeitdruck war, weil die nächste Trauung bald anstand.

Er drückte Johannes die Hand. „Sie trug ein Kleid!" vertraute dieser ihm die gedankliche Quintessenz der Ängste der letzten Stunde an.

Der Pfarrer sah Johannes prüfend an, erwiderte aber dann mit beruflichem Gleichmut: „Die Wege des Herrn sind unerforschlich."

Sue lachte: „Die Wege von UPS ebenfalls!"

Am Fuße der Kirchentreppe warteten die Gäste auf kommende Ereignisse.

Johannes` Trauzeuge Jan verschwand in einem parkenden Lieferwagen. Nach einiger Zeit ploppte er aus dem Auto wie der Korken aus der Sektflasche, hinter sich ein riesiges Bündel metallicfarbener Luftballonherzen, auf denen in knallroter Schrift „Suschi" stand.

Nach und nach stiegen sie in den leuchtendblauen Himmel auf. Jetzt und für immer.

Eine Winterreise

ꝏ

Wir gehen hinaus, in einen weißen, weißen Tag. Auch innen bin ich ganz weiß.

Wir müssen erst die Koordinaten für die Reise eingeben, um eine Beschreibung für diesen Tag in uns zu finden.

Mein Mann tippt die Daten ein. Der Navigator sagt uns: Abfahrt jetzt, Ankunft voraussichtlich.

Ich sage, „wir werden also voraussichtlich ankommen?"

Mein Mann dreht mit runden Bewegungen das Lenkrad. Seine Jeans bedecken die langen Beine und den Knackhintern. Seine Hände steuern ruhig das Auto durch den knirschenden Schnee. Sein Herz öffnet und schließt zuverlässig die Klappen. In seinem Blut strömt rotes Leben, das die Halsschlagader unmerklich vibrieren lässt. Sein Gehirn scannt und sortiert Umweltsignale und lässt ihn behutsam zur roten Ampel vorrutschen, ohne abrupt zu bremsen und auf dem gefrorenen Boden ins Schlittern zu geraten.

Er sieht aus wie immer.

Aber eine Kleinigkeit in ihm hat sich geändert.

Er sähe eine Abweichung zu den Ultraschall-Bildern der letzten Jahre, hatte der Urologe zu dir gesagt. Eine deutliche Einziehung der Blasenwand.

Es könne harmlos, es könne aber auch, leichtes Zögern, ein Tumor sein. Der Arzt bespricht sich durch die Sprechanlage mit einer Arzthelferin und teilt dir den Termin für eine Blasenspiegelung in drei Wochen mit.

Du sagst nichts, aber nach einem Blick in deine Augen schiebt er dich wie eine Karte zwischen andere Karten in seiner Menschendatei.

In acht Tagen hast du einen Termin für die Blasenspiegelung. Am 23. Dezember.

Und jetzt fahren wir gemeinsam durch die weiße, weiße Welt. Wir fahren zu Menschen, die darauf warten, ob ihr Alter oder ihre Krankheit mindestens 46 Pflegeminuten durch andere wert sind.

Der Aufwand von sechsundvierzig Minuten reiner Pflege durch Angehörige oder professionell Tätige ist zur Einstufung in die erste Pflegestufe nötig. Zum Erreichen der dritten Kategorie werden zweihundertvierzig Minuten angesetzt. Dann sind die Menschen schon sehr alt und hilflos, bettlägerig oder in der Endphase einer tödlichen Krankheit.

Normalerweise fährst du ohne mich, aber ich möchte nicht, dass du alleine Menschen im Endstadium einer Krankheit, die bei dir vermutet wird, begegnest.

Meine Zehen liegen ganz verschreckt und zusammengerollt in den knöchelhohen Stiefeln.

Wir fahren über Landstraßen mit schneematschspritzenden Lastwagen. Wir fahren neben Feldern, auf denen kilometerlange, makellose Schneedecken liegen. Hie und da kauert ein Greifvogel auf dem gefrorenen Boden.

Ein Fuchs schnürt am Waldrand entlang, den buschigen Schwanz zwischen die Hinterpfoten geklemmt. Er verharrt einen Moment, schaut wie ratlos in den Schnee. Die Welt ist weiß. Himmel und Erde gehen ineinander über. Diese fahle Wintersonne, die manchmal hervorschaut, macht einem nur das Herz traurig. Sie ist so fern.

Aber wir registrieren die Schönheit der filigranen Bäume, die scharf den Horizont säumen. Wir fahren durch Waldgebiete mit mächtig hängenden Schneeästen. Ab und zu pustet ein Windstoß Schneemassen auf die Windschutzscheibe.

Dann sehen wir erst mal nichts. Es wird so schnell dunkel.

Wir fahren durch jagende Schneeflocken, man kann sich darin verlieren. Wir fahren durch kniehohen Schnee in einsame Dörfer mit vier oder fünf erleuchteten Häusern. Wir rutschen auf einen Berg mit einem Jagdhäuschen.

Eine alte Dame mit adeligem Namen, deren Gatte begutachtet werden soll, sagt zu mir, ich solle Wollsocken tragen, sie stricke noch jeden Tag.

Wir fahren zu einem Ehepaar, beide über neunzig Jahre, in dem der Ehemann seine demente Partnerin pflegt. Jeden Tag nach dem Mittagessen säßen sie zusammen auf dem Sofa und würden sich herzen und küssen. Sie lächelt selig dazu.

Wir fahren in ein Neubaugebiet zu einem unverputzten Haus, das einer russlanddeutschen Großfamilie gehört. Die Schwiegertochter erzählt uns, wie sie ihrer Schwiegermutter den Darm ausräumt.

Wir sehen eine alte Dame, blass wie ein Geist. Ihr rotbäkkiger Mann setzt sie wie eine Puppe von einem Platz auf den anderen.

Wir gehen durch ein mit altem Krimskrams, Müllbeuteln und Schrott vollgestopftes Haus, bis wir in das Wohnzimmer gelangen, wo eine an Depressionen erkrankte Frau wie in einem

Lichtkreis an einem müllfreien Platz sitzt. Ihr Sohn mit schulterlangem fettigem Haar holt und öffnet Kekspackungen. Seine Mutter äße nichts, klagt er. Adventskerzen brennen inmitten des Mülls. Brandgefährlich, denke ich.

Alle alten Menschen erzählen uns, dass sie noch alles alleine können. Sie werden nachsichtig oder aufgeregt von den pflegenden Personen korrigiert.

Wir fahren immer in Dunkelheit zurück.

Manchmal tasten wir uns durch dichtes Schneetreiben.

Wir haben keine Angst.

Wir sitzen zusammen in unserem fahrenden, warmen Zuhause, ganz eng beieinander.

Draußen herrscht der Winter. Er ist ruhig und weiß.

Manchmal heulend und weiß.

Am dreiundzwanzigsten Dezember gehen wir vorsichtig über rutschige Straßen. Eisbuckel können jederzeit heimtükkisch auf dem Boden sein. Wir schlittern und rutschen durch einen nebelgrauen Morgen.

Dann verschwindet mein Mann im Untersuchungsraum der urologischen Praxis. Ich kann mir eine Welt ohne meinen Mann nicht vorstellen. Eine Welt ohne mich kann ich mir auch nicht vorstellen. Ich stelle mir nichts mehr vor.

Der Arzt kommt und sagt, mein Mann sei gesund, ich könne Weihnachten feiern.

Wir fuhren durch einen strengen, harten und schönen Winter.

Er zwang uns zur heilsamen Strenge der Selbstdisziplin.

Jetzt können Tränen fließen und ihn wegtauen.

Babygesicht

ಌ

Die Einladung kommt völlig überraschend.

„Dass der noch an mich denkt!“ sagt mein Vater.

„An uns“, korrigiert meine Mutter.

„Meinetwegen! Ob er noch mit Rosy zusammen ist?“

„Mit Rosy-Posy?“ meine Mutter lacht, „wieso denn nicht? Wir sind doch auch noch zusammen!“

„Ja, bei uns ist das etwas Anderes, ich habe auch keinen Hang zu minderjährigen Mädchen!“

„Gott sei Dank!“ sagt meine Mutter mit ihrer dunkelsten Stimme. Sie ist siebenundvierzig und sieht kein bisschen jünger aus. Sie hat ein langes, schmales Gesicht mit kommenden und gehenden Falten, wenn sie spricht und lacht. Ihre Augen sind dunkel und groß. Sie sieht sehr lebendig aus. Die Haare fallen ihr schwarz und schwingend den Rücken hinunter. Sie ist halb französisch und halb deutsch.

Mein Vater ist halb holländisch und halb deutsch.

Ich sehe meinem Vater ähnlicher, mein Gesicht ist ruhig, aber ich habe die großen Augen meiner Mutter, nur in blau.

„Ein Botticelli-Gesicht!“ sagt mein Vater immer.

Ich sehe eher retro aus, finde ich. Meine Figur ist mittelgroß und gut proportioniert, wie die meiner Mutter. Sie war früher Tänzerin. Meine Haare sind dunkelblond und halblang. Ich streiche sie gerne hinter die Ohren. Ich ähnele nicht diesen Mädchen mit blonden Extensions oder gelgestützten Haargeschichten, auf meine helle, pickelfreie Haut kommen keine Tattoos oder Piercings. Ich weiß, dass ich hübsch bin, aber ich bin nicht angesagt.

„Nun, mon petit chou, was machen wir? Nehmen wir Charlies Einladung an?"

Mein Vater sieht erwartungsvoll zu meiner Mutter. Diese streicht über Robins Blondschopf. „Ich würde ihn und Rosy schon gerne wiedersehen …", sagt sie langsam.

„Um der alten Zeiten willen", lacht Papa.

Charlie Liberman ist ein erfolgreicher Musikproduzent. Mein Vater ist Musiker, Saxophonist, und spielte in verschiedenen Bands, einmal bei einer Europatournee in der Vorgruppe von U2. Meine Mutter war Tänzerin in einer der großen Shows am Montmartre in Paris. Sie lernten sich kennen und verliebten sich unsterblich ineinander. Meine Mutter kündigte ihren sicheren Job und suchte sich ihre Arbeit als Tänzerin bei den Bühnenshows, an denen mein Vater arbeitete. Ich kam zur Welt und nach der Schwangerschaft tanzte meine Mutter weiter durch die Welt. Dieser Lebensstil funktionierte, bis ich zur Schule musste.

Papa entschloss sich, in den Schuldienst zurückzugehen, er unterrichtet Musik und Englisch. Maman gibt Pilateskurse an der Volkshochschule. Vor zwei Jahren kam mein Bruder zur Welt, ich war damals fünfzehn und meine Mutter fünfundvierzig. Meine Mutter bezeichnete ihre späte Schwangerschaft als Wunder. „Wir haben gar nichts dafür gemacht", erklärt sie immer und bringt meinen Vater damit regelmäßig zum Lachen.

Sie meint damit, sie benötigten keine künstliche Befruchtung. Bei der Namenswahl hatte ich Mitspracherecht und bat darum, ihm nicht den Vornamen meines Vaters zu geben, der heißt Hans, denn ich trage den gleichen Vornamen wie meine Mutter: Lily.

„Ich habe keinen schöneren Namen gefunden, wäre mir das gelungen, hättest du ihn bekommen." Ihr Gesichtsausdruck wurde bei dieser Erklärung immer sehr besorgt, als würde ich ihr vorwerfen, sie habe sich nicht genügend Mühe gegeben.

Schlussendlich wurde mein Bruder Robin genannt. Er ist ein Schatz und ich liebe ihn sehr. Wir würden ihn verziehen, fürchtet meine französische Großmutter („gâter"), aber es ist völlig unmöglich, Robin zu verziehen. Er erzieht uns zum Lachen und Schmusen.

Im Moment schläft er.

Legt man ihn in die Horizontale, versorgt ihn mit Schmusedecke und Schnuller, schläft er ein. Setzt man ihn in seinen Autositz und fährt los, schläft er ein.

Wir fahren zu einem kleinen Ort in der Nähe Frankfurts, in dem Charlie wohnt und auch sein Studio hat.

„Ich wusste gar nicht, dass Charlie nur ca. hundert Kilometer von uns entfernt wohnt", wundert sich Papa, "wie konnten wir uns nur so aus den Augen verlieren? Weißt du noch, wie wir in dem alten VW-Bus mit den Omagardinen von Norwegen nach Griechenland gefahren sind?"

„Nein, da war ich noch nicht geboren", sage ich vom Rücksitz aus, „Robin auch nicht!"

„Und ich auch nicht", lacht Maman, „aber ich freue mich auf Rosy."

„Du hast dich überhaupt nicht verändert!“

„Du auch nicht!“ Beide Frauen hauchen sich jeweils drei Küsschen auf die Wangen und ich nehme an, beide lügen.

Meine Maman ist zwar so schlank wie ein junges Mädchen, aber ihr Gesicht zeigt ihr wahres Alter. Damit meine ich, ihr Gesichtsausdruck zeigt eine innere Haltung, die ein sehr junger Mensch noch nicht haben kann.

Rosys Gesicht dagegen ist prall, faltenlos, mit permanent lächelnd angehobenen Mundwinkeln. Sie wirkt gleichzeitig ältlich und kindlich. Und sie ist sehr dick. Sie trägt eine voluminöse gelbgrundige Seidenbluse mit aufgedruckten Ananasfrüchten und Bananen zu einer prall sitzenden Hose.

„Und das ist Lily Nr. zwei?“ Rosy zieht mich an sich und stößt mich gleich wieder ab. Sie betrachtet mich mit zusammengekniffenen Augen. „Mein Gott, du übertriffst noch deine Mutter!“

Maman sagt etwas in schnellem Französisch.

Beide Frauen lachen solidarisch.

„Erinnerst du dich nicht an mich, mein Schatz?“ schmeichelt sich Rosys runder Arm um meine Taille. „Hinter der Bühne hatte ich immer ein Schüsselchen selbstgemachte Mousse au Chocolat für dich!“

Vage Erinnerungen an dunkle Hinterräume einer Bühne und an auf einem weichen Schoß gelöffelte flüssige Schokolade funkeln wie Glühwürmchen in meiner Erinnerung.

„Eh, voilà! Le petit!“ Papa kommt mit dem verschlafenen Robin auf dem Arm zu uns dazu.

Rosy explodiert fast, sie reißt den Kleinen Papa fort und überschüttet ihn mit Küssen. Robin stemmt sich mit seinen Ärmchen von ihr weg und betrachtet sie aufmerksam. Ansonsten behält er seinen Gleichmut, fast bewundere ich ihn dafür.

„Wie süß, wie klein, wie groß! Was für ein Schatz“, ruft Rosy, „ihr seid glücklich dran, ihr vier! Unsere beiden nichtsnutzigen Söhne sind fast dreißig und denken nicht an Nachwuchs.“

„Nur daran, wie man ihn macht!“ dröhnt es aus dem Haus. Charlie erscheint, ein wuchtiger Mann mit grauer Löwenmähne, älter als Papa.

„Da kommen sie ganz nach ihrem Vater!“ Rosys Kommentar hat einen spitzen Unterton. Charlie ignoriert sie, begrüßt Maman mit einem Handkuss und Papa und er umarmen sich. Dann wendet er sich mir zu und betrachtet mich von Kopf bis Fuß. Ich trage mein Tänzerinnenoutfit. Schwarze Leggings, einen enganliegenden schwarzen, schenkellangen Pulli mit U-Boot-Ausschnitt, der eine Schulter freilässt, und rote Ballerinas.

Unter dem Schnurrbart spitzen sich Charlies Lippen und ich befürchte schon einen feuchten Schmatzer, aber nach einem Seitenblick auf Papa begnügt er sich mit einem Händedruck.

„Charmant!“ nuschelt er.

Im Haus ist eine Party im vollen Gange. In dem riesigen Wohnzimmer mit Glasfrontblick auf den Swimmingpool wird getanzt. Gar keine schlechte Musik, elektronischer Pop, ich swinge mit den Hüften.

„Charlie ist ja Musikproduzent“, fällt mir ein, „es ist sein Job, erfolgreiche Songs zu entwickeln.“

Maman und Charlie unterhalten sich über Politik. „Obama ist nicht Jesus, er kann nicht übers Wasser gehen.“

„Das konnte Jesus auch nicht, man nahm ihm aber ab, dass er es könnte“, konterte meine Mutter, „eine positive Persönlichkeit kann viel bewirken!“

Robin ist an Papas Schulter wieder eingeschlafen. Rosy bietet an, ihn in ihr Schlafzimmer zu legen.

Maman übernimmt Robin und ich folge den beiden Frauen.

„Meine Süße", sagt Rosy zu mir, „hier ist das Esszimmer, wo das Buffet aufgebaut ist. Iss und trink nach Herzenslust und komm dann zu uns, die Treppe hoch und dann gleich links."

Ich nicke, obwohl ich überhaupt keinen Hunger habe.

„Kochst du immer noch selber und entwickelst eigene Rezepte?" höre ich Maman fragen. „Kaum, Charlie will ja ständig abnehmen und ich …."

Die Stimmen verlieren sich.

Ich sehe ein wunderschönes Gemälde von Esswaren aufgebaut. Wachteleier auf Algennestern, geöffnete Kaviardosen mit Perlmuttlöffelchen daneben. Rosageräucherte Lachsforellen in Herzform angerichtet mit ebenfalls herzförmig gelierten Fischterrinen.

Ein Koch stellt frische Sushi in der Küche her, man sieht ihm zu, er reicht sie durch die Anrichte der ordernden Person. In einem Heunest liegen mehrere Hammelkeulen, appetitlich aufgeschnitten. Ich sehe Gazpacho in einer Terrine, die wie eine rote Paprika aussieht, umgeben von ihren Zutaten. Salate, eine opulente Käseplatte, geschmückt mit exotischen Blumen und eine große Auswahl an Süßspeisen. In einem riesigen Silberkübel liegen mehrere geöffnete Magnum-Champagnerflaschen, jede umhüllt von einer weißen Serviette, in einem Eisbett.

Ich lasse mir ein Glas davon geben. Seit Jahren schon darf ich zu unserem Abendessen ein halbes Glas Wein trinken.

Ess- und Trinkkultur ist genauso wichtig wie jede andere Kulturform, höre ich Mamans Stimme in meinem Kopf.

Mit dem Glas in der Hand gehe ich die Treppe hoch, eine Tür ist angelehnt, ich höre Rosys Stimme. Robin liegt auf einem Doppelbett, zugedeckt mit einem Kaschmirtuch, so steht's auf dem Etikett. Er schnullert friedlich vor sich hin. Seine Füße zucken, als würde er durch seine Träume laufen. Ich setze mich neben ihn und nippe an meinem Glas.

Rosy und meine Mutter trinken etwas, das orange und dickflüssig aussieht. Rosy weint.

„Und wenn ich abnehme? Was dann? Jetzt sind sie dick, aber prall. Danach wären sie schlaff!“ Sie schluchzt auf. Die Bananen auf ihrer Seidenbluse blicken traurig nach unten.

Mir reicht’s. Die beiden beachten mich überhaupt nicht.

Mit meinem Glas in der Hand steige ich die Treppe hinunter. Wo ist das Wohnzimmer? Hinter einer Tür höre ich Stimmen, ich öffne sie.

Die fünf um den grünen Spieltisch versammelten Männer schauen genau so verblüfft, wie ich mich fühle. In der jalousieverdunkelten Fensterfront stehe ich mir frontal gegenüber.

Ich stehe in der klassischen Grundposition der Ballerinas, den linken Fuß leicht vorgeschoben. Mein Gesicht wirkt nachdenklich, mit großen Augen und einem leicht geöffneten Mund. Ich sehe mich wie eine alte Schwarzweiß-Fotografie, vom Licht geformt. Einer der Spieler kommt auf mich zu.

„Schickt dich Charlie? Das ist noch zu früh, das Spiel läuft noch.“ Er zerrt mich in das Zimmer herein, seine fiese Wampe wackelt.

„Tanzt du an der Stange? Mein Gott, die Titten sind echt. Ich habe die aufgeblasenen Silikonschlampen so satt. Was sagt ihr, Jungs?“

Er schubst mich gegen die von dem Boden an die Decke reichende Stange. Ich gebe ihm mein leeres Champagnerglas. „Danke, nein!“ sage ich höflich.

Ein anderer Spieler erhebt sich und kommt zu uns.

„Lass' sie los!" sagt er ganz ruhig zu seinem Kumpel.

„Mach, dass du hier wegkommst! Babygesicht", fügt er leise hinzu, dass nur ich es hören kann.

Ich sehe ihn an. Er hat dunkle Augen, trägt schwarze enge Hosen und ein weißes geöffnetes Hemd. Er erinnert mich an den jungen Elvis Presley in Las Vegas auf den Show-DVDs meiner Mutter. Er blickt ernst, aber etwas in der Tiefe seiner Augen sagt mir, dass er verwirrt ist. Ich sehe mein Spiegelbild durch die Tür verschwinden, ziehe sie zu. Durch den Flur gehe ich zurück zur Treppe. In der ganzen Situation hatte ich keine Angst gehabt. Ich hatte immer das Gefühl, die Trumpfkarten in meiner Hand zu halten. Vielleicht lag es aber auch am Champagner.

Im Wohnzimmer treffe ich auf meine Eltern.

„Wo warst du denn? Wir wollen aufbrechen!"

Beide wirken verärgert.

Wir werden lärmend und herzlich von Charlie und Rosy verabschiedet. Robin wird angeschnallt und während Mutter ihn festschnallt, spüre ich einen ungewohnten staubig-würzigen Geruch an ihr. Auch meinem Vater fiel der Geruch auf.

„Was hast du gemacht?" bellt er sie an.

Diesen Ton kann meine Mutter absolut nicht vertragen.

„Tiens, Jean-Petit?" spöttelt sie.

„In Rosys Schlafzimmer roch es so komisch", klinke ich mich ungefragt ein.

Der Unmut meines Vaters richtet sich gegen mich. „Und du, mein Fräulein! Was bildest du dir eigentlich ein, spurlos zu verschwinden?"

Ich schweige.

Hier endet die Macht der Väter.

Ich spüre meine eigene Macht.

Heidis Zimmer

Ich stand zufällig am Fenster. Mein Bruder spielte Fußball mit einem Freund. Er nahm den Ball an und ließ ihn angeberisch auf seinem rechten Spann herumtanzen. Dann legte er ihn hin und obwohl ich sein Gesicht nicht sehen konnte, spürte ich seine Bereitschaft und die Lust, kraftvoll zu schießen.

Ich dachte noch „der fliegt viel zu weit rechts", da krachte der Fußball schon in eins der Seitenfenster des nagelneuen Wintergartenanbaus unserer nagelneuen Nachbarn.

Sie waren zwar schon vor sechs Monaten eingezogen, hatten sich aber nicht vorgestellt und wir wussten nichts von ihnen, außer dass sie eine behinderte Tochter hatten, die vormittags von einem Kleinbus abgeholt und nachmittags zurückgebracht wurde. Außerdem schienen sie Geld zu haben, sie fuhren beide Hybridautos. Meine Mutter ärgerte sich über die mangelnde Kommunikationsbereitschaft der neuen Nachbarn, sie lernte gerne neue Menschen kennen.

Mein Bruder und sein Freund waren sofort nach dem Einschlag spurlos verschwunden, wahrscheinlich hofften sie, dass sie von niemand beobachtet worden waren. Von mir würde keiner was erfahren, was gingen mich Nachbarn an, die uns völlig ignorierten.

Es klingelte an der Haustür. Sauer schlurfte ich die Treppe hinunter und öffnete.

Zum ersten Mal sah ich die neue Nachbarin aus der Nähe. Sie war mittelalt, schlank und ganz hübsch, bis auf die verkniffene Kinnpartie. Man sollte allen mittelalten Frauen mal ehrlich sagen, dass nicht die Falten alt machen, sondern so ein missbilligend zusammengezogener Mund.

Meine Mutter ist eine echt gutaussehende Frau, aber wenn sie in Meckerstimmung ist, sieht sie so griesgrämig aus, dass ich in mir Verständnis für meinen Vater entdecke, der vor einem Jahr mit einer seiner Studentinnen durchgebrannt ist.

„Kann ich bitte einen Ihrer Eltern sprechen?" riss mich die Stimme der zugekniffenen Dame aus meinen Betrachtungen.

„Ist keiner da", nuschelte ich.

„Irgendwann wird ja wohl jemand da sein?"

„Meine Mutter hat Spätschicht, sie arbeitet als Krankenschwester auf der Intensivstation", erläuterte ich. Das imponierte den meisten Menschen.

Ein schriller Schrei ließ mich zusammenzucken. Erst jetzt registrierte ich die Tochter hinter der Mutter. Sie hatte ein rundes, törichtes Gesicht, blonde Haare und trug einen rosa Jogginganzug.

„Sei ruhig, Heidi!" verwies ihre Mutter sie.

Daraufhin begann Heidi von einem Fuß auf den anderen zu treten und leise zu wimmern. Ihre Mutter strich ihr über die langen Haare und nahm sie an der Hand.

„Meine Tochter und ich waren im Garten an der Regentonne, um Wasser für die Orchideen zu holen. Wir sahen Ihren Bruder mit seinem Freund Fußball spielen. Ihr Bruder schoss den Ball in unseren gerade frisch fertiggestellten Wintergarten!"

Sie sprach so konsequent und sah dabei so wütend aus, dass sich jeder Kommentar meinerseits erübrigte.

„Wenn Sie sich den Schaden bitte ansehen würden?“

Ich schnappte mir den Wohnungsschlüssel und trottete hinter der schwarz-schlanken Mutter und der rosa-rundlichen Heidi in das Schlachtfeld aus Glassplittern. Der Ball hatte ein Seitenfenster zertrümmert und dabei einen Blumenstock umgestoßen, der einen Glastisch zerschmettert hatte.

„Heidi, pass auf die Scherben auf, schneide Dich nicht!“

Ihre Tochter hätte sich eher an der Stimme der Mutter schneiden können und wahrscheinlich spürte Heidi dies, denn sie begann wieder leise zu wimmern.

Diesmal beachtete ihre Mutter sie nicht.

„Heidi vermisst ihre Schwester. Meine ältere Tochter Klara studiert in den USA!“ erläuterte sie mir. Das klang so, als wollte sie mir mitteilen, dass sie nicht nur behinderte Kinder produzierte.

Aber etwas anderes war mir aufgefallen: „Heidi und Klara!“ staunte ich.

„Ja, Heidi ist unser Naturkind!“

Ihre Stimme bekam dabei eine dunkle Färbung, als kröche ein Tropfen violetten Schleims aus ihrem Mundwinkel.

„Naturkind, die spinnt ja, die Alte!“

„Tja“, sagte ich laut, „jetzt habe ich den Schaden gesehen; ich gehe mal wieder.“

„Und was gedenken Sie zu tun? Melden Sie den Vorfall Ihrer Versicherung? Sind Sie haftpflichtversichert? Der Wintergartenanbau hat uns 15.000 Euro gekostet!“

Ihre kühle Stimme nagelte mich fest. Waren wir haftpflichtversichert? Meine Mutter jammerte nach dem Weggang meines

Vaters ständig über Geldsorgen. Vor einiger Zeit hatte sie mir erzählt, dass sie, um das Haus zu halten, sämtliche überflüssigen Verträge und Policen gekündigt hatte, „die Dein Vater uns so überreichlich aufgehalst hatte."

„Wie alt ist denn Ihr Bruder?"

„Jannick ist neun."

„Also durchaus imstande, die Folgen seines Handelns zu überblicken."

Von wegen, Jannick war UNSER Naturkind, der handelte so, wie es seinem neunjährigen Dickkopf für richtig erschien und er würde auch nicht so schnell am Tatort erscheinen.

„Vielleicht war er es ja gar nicht", versuchte ich mich ebenfalls von der Bildfläche zu verdrücken.

„Ich habe genau gesehen, dass Ihr Bruder den Ball geschossen hat. Meine Tochter und ich standen an der Regentonne."

Sie deutete mit dem Zeigefinger.

Plötzlich wurde mir bewusst, dass Heidi aufgehört hatte, zu wimmern und zu einem Stöhnen übergegangen war. Dabei rieb sie sich zwischen den Beinen und schwenkte den Kopf hin und her. Ihre Mutter reagierte schnell. Sie schnappte sich Heidi, nahm ihre beiden Hände hoch und führte sie durch die Scherben zur Tür, die ins Haus führte. Was sie ihrer Tochter dort ins Ohr sagte, konnte ich nicht verstehen.

Ich stand wie vom Donner gerührt. Machten das Behinderte so? In aller Öffentlichkeit?

Ihre Mutter erschien wieder neben mir.

Ich zuckte regelrecht zusammen.

„Heidi weiß, dass dies eine private Sache ist. Sie steht nur zur Zeit unter enormem emotionalem Stress. Also kommen Sie bitte mit, wie wollen wir die Situation regeln?"

Am liebsten wäre ich geflüchtet und hätte die Angelegenheit meiner Mutter überlassen, doch ich hatte in den letzten Monaten so viele Tränenausbrüche oder wechselweise Wutattacken von ihr erlebt, dass ich mir nicht vorstellen wollte, wie diese Nachricht nach ihrem anstrengenden Dienst auf sie wirken würde. Morgen früh würde sie es besser verkraften.

Also folgte ich Heidis Mutter durch ein riesiges, schwarzweißes Wohnzimmer (das war der einzige Eindruck, der sich in mir festsetzte, als zöge ich an einer Zebraherde vorbei), um sie zu überreden, morgen Vormittag mit meiner Mutter zu reden. Dann würden Jannick und ich in der Schule sein.

Sie führte mich in eine überraschend gemütliche Küche. An den Wänden hingen Fotos, vermutlich von ihrer Familie, und Kinderzeichnungen. In der Ecke stand eine Eckbank. Ganz normal. Nur war hier nichts normal. Ich weigerte mich, mich zu setzen.

„Wollen Sie ein Stück Kuchen? Er ist heute frisch gebacken worden."

„Nein", dachte ich.

„Nein", sagte ich laut.

„Eine Tasse Tee? Ich werde mir einen aufbrühen."

„Nein."

„Was darf ich Ihnen anbieten? Helfen Sie mir."

Na gut, ich wollte ja eine zeitverschobene Katastrophenmeldung bei ihr heraushandeln.

„Meinetwegen eine Cola", sagte ich mürrisch.

Sie lachte, das machte sie sympathisch und deutlich hübscher.

„Natürlich, das hätte ich mir denken können. In Ihrem Alter hat man kein Interesse an Kuchen- und Teekram."

Sie musterte mich: „Wie alt sind Sie denn?"

Ich trug schwarze Jeans und ein schwarzes T-Shirt mit Stinkefingerdruck. Meine Haare locken sich immer, egal wie kurz ich sie trage, und meine Haut ist so braun wie die meines Vaters. Er stammt aus Chile.

„Achtzehn!“ log ich zwei Jahre zu meinem tatsächlichen Alter dazu.

„Heidi ist einundzwanzig.“

Ach ja, Heidi, die Szene mit ihr hatte ich gerade erfolgreich verdrängt.

„Äh ja“, sagte ich, um harmlose Konversation bemüht und deutete auf mein Glas, „trinkt Heidi auch gerne Cola?“

„Also“, Heidis Mutter schien nachzudenken. Dann hob sie den Kopf, als wäre sie zu einem Entschluss gekommen.

„Ja , sie trinkt gerne Cola. Wir sollten ihr ein Glas bringen.“

Sie drückte mir ein Tablett in die Hand, nahm mein Glas und stellte ein zweites gefülltes daneben.

Was sollte das denn?

„Heidi ist in ihrem Zimmer. Kommen Sie! Dort die Tür mit dem Pferdeposter.“

Energisch schob sie mich voran. Sie klopfte kurz an, öffnete die Tür. „Heidi, Du hast Besuch!“

Ich lugte vorsichtig um die Ecke und sah ein helles Mädchenzimmer mit viel rosa Dekoelementen und Postern an den Wänden. Ebensolche hatte ich schon einige gesehen. Auf dem Schreibtisch lag sogar ein Laptop. Heidi saß in einem weißen Schaukelstuhl und schaukelte wild vor sich hin.

Heidis Mutter nahm mir das Tablett ab und stellte es auf ein Tischchen.

„Ja, so lebt Heidi. In mancher Hinsicht ist sie ein ganz normales Mädchen.“

Heidi schaukelte wild, ihre Haare flogen wie Schaum um sie herum.

„Heidi leidet im Moment. Sie hatte einen Freund, ebenso behindert wie sie. Die beiden waren ein Liebespaar. Er zog vor einigen Monaten mit seinen Eltern um und Heidi vermisst ihn schrecklich. Die Betreuer haben ihre liebe Not mit ihr. Manchmal wird sie sogar übergriffig. Sie hat eben einen starken Sexualtrieb und er ist nicht durch den Verstand gebändigt. In der Zeit mit ihrem Freund hatten wir eine friedliche, glückliche Phase mit ihr."

Ich fühlte mich, als ob ich allein auf einem fremden Planeten stünde. Heidis Mutter schien ihre schaukelnde Tochter nicht zu sehen, Heidi sah sowieso niemanden an und ich konnte nur mühsam verstehen, was Heidis Mutter erzählte.

In dem gleichen sachlichen Tonfall, in dem sie von dem Liebesleben ihrer Tochter gesprochen hatte, fügte sie hinzu, „Ihre Mutter ist alleinerziehend. Ja, da hat man Geldsorgen. Wie wäre es, wenn ich Sie bitten würde, Heidi ab und zu in ihrem Zimmer zu besuchen?"

Es ist gut, dass wichtige Körperfunktionen reflexartig funktionieren, sonst hätte ich schon seit Stunden nicht mehr geatmet.

Heidis Mutter berührte mich an der Schulter.

„Ich lasse euch zwei jetzt mal alleine, ihr könnt euch ein bisschen anfreunden."

Sie ging zur Tür, drehte sich dann noch einmal und sagte wieder in ihrem sachlichen Tonfall: „Sie nimmt die Pille und in der Schreibtischschublade liegen Kondome."

Dann drückte sie leise und nachdrücklich die Tür von außen zu.

Ich betrachtete das wild schaukelnde Mädchen, das rosa hin und her schwang und wusste, dass bei dem Gedanken an die sich zwischen den Beinen reibende Heidi mein Penis wie ein Pilz aus dem Herbstboden schießen würde, wenn ich meine Hose öffnete.

Inzwischen gehe ich zwei-/dreimal die Woche in Heidis Zimmer. Warum auch nicht? Ihr tut's gut und mir auch.

Jessie Girl

ଓ

Da war dieses Mädchen. Genau gesagt, die zwei Mädchen, das kleine und das große. Sie kamen in einer Gruppe von Vampiren, und das große Mädchen war die Einzige ohne Vampirzähne. Die Kleine an ihrer Hand war nicht kostümiert.

Ich stand in der Vorhalle und ärgerte mich über meine schwarzen Ballerinas, die mir ständig von den aalglatten Strumpfhosen schlappten. Ich hätte doch lieber die Boots anziehen sollen, aber ich hatte gedacht, die Ballerinas würden besser zu meinem gezipfelten Hexenrock passen. Ich stand wie ein Storch auf meinem rechten Bein und schob den linken Schuh über die Ferse, als die Kleine blindlings in mich hineinlief. Fast hätte sie mich umgeworfen, aber dann stabilisierte sie mich, indem sie meinen linken Oberschenkel fest umklammerte und ihren Kopf in meinen Schoß presste. Ich war völlig verblüfft und versuchte, sie abzupflücken. Und überhaupt, was machte ein Kind abends nach neun Uhr auf einer Halloween-Fête?

Das Vampirmädchen schlenderte auf mich zu.

„Jessie mag dich“, ihre schwarzumrandeten Augen funkelten mich aus ihrem weißgeschminkten Gesicht an.

Schön, das war’s. Ich versuchte, die Kleine von mir zu schieben, spürte die feinen Schulterknochen.

Die Große flüsterte mit der Kleinen. Dann richtete sie sich auf und lächelte mich an, „Jessie mag dich, weil du rote Haare wie Pippi Langstrumpf hast."

Ich hatte meine blonden Haare rot eingesprüht und sie hexenhaft zerzaust.

Das Kind klammerte wie ein Krake.

„Wie alt ist sie denn?" fragte ich verzweifelt.

„Fast fünf. Ich war siebzehn", fügte die Vampirmutter ungefragt hinzu.

„Da hat sie ja noch ihre Milchzähne. Wie soll sie sich hier unter lauter Vampiren wohlfühlen?" versuchte ich die Situation ins Lächerliche zu überspielen.

„Sie wollte nicht alleine bleiben", antwortete Jessies Mutter schlicht.

Glückliche Unschuld!

Energisch klaubte ich die Kinderfinger von mir ab.

Jessie warf den Kopf zurück, lachte und begann sich zu wiegen. Ihre Hände lagen in meinen und ich schwang mit.

Die Vampirmutter lächelte.

„Ich muss mal auf die Toilette, passt du solange auf sie auf?"

„He, sag das deinen Leuten", mein Fuß schlappte schon wieder aus dem Schuh.

„Siehst du hier noch jemand? Die sind schon weiter. Also, bis gleich …"

Die Vampirmama stöckelte auf langen, spinnennetzbestrumpften Beinen die Treppe hoch.

„Heeeh", brüllte ich und schubste Jessie von mir. Sie knallte auf ihren Hinterkopf. Es rummste ordentlich, als sie hinfiel.

Ich beugte mich zu ihr herunter, nahm sie in die Arme.

Sie war vor Schreck ganz weiß geworden, lächelte aber.

Was war das für ein Kind?

Ich sah ihr in die weitgeöffneten Augen.

Sie schaute zurück und begann, sich aus meinen Armen zu winden.

„Ich habe Hunger“, sagte sie atemlos und kicherte.

In ihren Augen saß Ratlosigkeit.

„Na gut, Jessie“, überspielte ich meine, „dann spendiere ich dir eine Brezel.“

Sie sauste zu einem der in der Vorhalle aufgebauten Essensstände. Ich schlappte hinterher.

„Eine Brezel bitte“, sagte ich zu der Verkäuferin, „he, Jessie“, brüllte ich zu dem Kind, das sich schon ein mit Ketchup verziertes Frikadellenbrötchen geschnappt hatte.

Sie biss hinein.

Die Verkäuferin blickte säuerlich.

„Sie könnten schon besser auf die Kleine aufpassen. Außerdem haben Kinder um diese Zeit hier sowieso nichts verloren. Drei fünfzig.“

Ich bezahlte stinksauer, weil ich wusste, dass sie recht hatte.

He, Pickelnase, ich bin einer Meinung mit dir!

Jessie aß recht manierlich, wenn man der Tatsache Rechnung trug, dass sie eine labberige Brötchenhälfte mit Frikadelle und Ketchupgesicht darauf verzehrte. Trotzdem musste ich bei der Pickelnase siebenmal Miniservietten nachholen.

„Ich will eine Cola“, schnaufte Jessie, nachdem ich die letzte Reinigung an Gesicht, Hals und T-Shirt vorgenommen hatte.

„Nein“, sagte ich energisch, „es ist fast zehn Uhr, danach kannst du nicht schlafen.“

„Bitte“, sagte Jessie, ihr Gesicht war ein weißes Herz.

Bin ich ihre Mutter?

Ich kaufte ihr die Cola. Sie gluckste sie weg. Sie aß und trank nicht wie eine knapp Fünfjährige, sie aß und trank wie ein schwerarbeitender Mensch, der endlich dringend benötigte Nahrung zu sich nehmen kann.

Mir kam ein Gedanke.

„Hast du heute noch nichts gegessen?"

„Doch, Cornflakes", strahlte Jessie, dann senkte sich Betrübnis in ihre Augen, „ohne Milch."

„War keine da?"

„Der Arschtyp hat sie umgeschmissen."

„Wer ist das? Der Freund deiner Mutter?"

Sie hob die Schultern.

„Weiß nicht, der wohnt manchmal bei uns. Wir brauchen Geld, jeder Mensch braucht Geld, sagt Mama. Brauchst du auch Geld?"

Aus ihren Augen strahlte heiterhelle Unschuld.

Ich bohrte meinen Blick in sie hinein.

Sie begann zu kichern. Kinder träumen nicht vom Leben, wie Erwachsene von etwas träumen, sie erleben das Dasein wie einen Traum, manchmal wie einen Alptraum. Vielleicht würde irgendwann Jessie ihrer Mutter helfen müssen, das gebrauchte Geld zu verdienen. Sie überließ ihre Tochter ja erlebterweise Fremden. Auf welche Gedankenabwege geriet ich da? Wo war die Scheißmutter dieses Kindes?

Ich richtete mich auf, nahm Jessies Hand.

„Komm", mir war übel, wütend und unbehaglich zugleich, „deine Mutter muss sich verlaufen haben. Wir werden sie suchen."

Jessie war wie immer mit allem einverstanden. Anmutig trabte sie an meiner Hand neben mir die Treppe zu den Toilettenräumen hoch. Ich sah in jede Kabine hinein, wartete, bis die besetzten sich öffneten, dann hob ich Jessie hoch, wusch ihr und mir die Hände, trocknete uns beide sorgfältig ab und wusste die ganze Zeit, dass ich es nur vor mir herschob. Vampirmutti hatte sich verpisst.

Ich versuchte, mit Jessie an der Hand in den Veranstaltungssaal zu kommen. Trotz Erklärungsversuchen wurde ich von einem Head-Set tragenden, blankschädeligen Wesen derart abgebügelt, dass ich mich an Jessie festhalten musste, als ich mit ihr im Arm, ihre Wange an meiner, die Treppe wieder hinunterstieg. Über eine Stunde war vergangen, seitdem ihre Vampirmutter sich verabschiedet hatte.

Ich würde die Polizei rufen müssen.

Jessie stand brav neben mir, ich wühlte in meiner schwarzen Umhängetasche nach meinem Handy, da geschah es, das nicht mehr Erwartete. Eine strahlende, unter der weißen Schminke rotgesichtige Nutte mit Spinnennetzstrümpfen erschien.

Jessie stürmte auf sie zu. Sie fielen sich in die Arme, küssten sich, Vampirmutti gluckste betrunken. „Mama ist da“, jubelte Jessie, wirbelte zu mir herum, stupste an mein Knie.

„Du“, sagt sie.

„Ja, du“, sage ich. Ich bin ruhig und klar. „Das war nicht o.k.“, wende ich mich an Jessies Mutter.

„Ja, ich wollte nur mal richtig abtanzen, das geht mit ihr nicht. Ich habe gleich gesehen, dass ich dir vertrauen kann und dann habe ich einfach die Zeit vergessen.“

„O.k.“, sage ich, „na klar, das verstehe ich. Wir haben uns echt gut verstanden, Jessie und ich. Wenn du mal einen Babysitter brauchst …, gib mir doch einfach mal deine Telefonnummer.“

Die Vampirmutter zieht einen Kajalstift aus ihrem Ausschnitt und schreibt mir ihre Handynummer auf das Handgelenk. Ich hoffe nur, dass sie einen schwarzen BH anhat.

„Deine Adresse!“ erbitte ich freundlich.

„Berggasse 12“.

Das merke ich mir. Ich verabschiede mich von den beiden und laufe nach draußen. Ich laufe wie Hermes, der Götterbote, beschwingt und mit einem Sendungsauftrag. Meine Ballerinas fangen wieder an zu schlappen, ich ziehe sie ab und laufe auf Strumpfhosen durch Nieselregen und Pfützen.

Morgen rufe ich das Jugendamt an, nein, ich stehe morgen früh auf der Matte dieses Amtes und gehe nicht, bevor ich einen Mitarbeiter zu Jessies Adresse geschleift habe. Außerdem werde ich eine Patentante für Jessie sein. Wenn ihre zarte Hand wie ein Seestern in meiner liegt, werde ich sie fragen: „Erinnerst du dich? Erzähl mir, was es alles gibt auf dem Meeresgrund …“ vielleicht erinnert sie sich an nichts und schmiegt sich wieder gehorsam an alles und jeden … vielleicht auch nicht …

Ich renne und spritze schuhlos durch die Pfützen und die Nacht. Und bekam nicht mal einen Schnupfen.

Could you, would you, Aquarell, Kohlestift 2013

Das genagelte Ohr

ꝏ

Wir waren hier, um die letzten Tage des Sommers am See zu genießen. Claire hatte die ehemalige Internats-Clique zusammengetrommelt. Sie war wie immer dünn, fast mager, braun und ruhelos. Außerdem frisch gepierct. Sie wollte mir ihr neues Piercing allerdings nicht zeigen.

„Nicht jetzt“, trieb sie mich vor sich her, „du musst mir beim Styling helfen. Nicht, weil dein Geschmack plötzlich erlesener geworden wäre“, sie musterte mich von hinten, ich spürte ihren gnadenlosen Blick, „sondern“, etwas wie Jubel brach in ihrer Stimme durch, „ich habe die neue Frühjahrskollektion von A.F.!“

„Air Force, vermutlich“, witzelte ich.

Darin verstand sie keinen Spaß, „Adrian Flor“, sagte sie knapp, „weißt du eigentlich, wie angesagt der im Moment ist?“

Ja doch, ganz verblödet war ich noch nicht. Ich guckte beleidigt auf den Kleiderständer, der mitten in Claires Zimmer stand.

Sie strich zärtlich über die Kleiderhüllen, dann über meinen Arm. „Komm Fin“, sagte sie versöhnlich, „ich meinte ja nur, dass dir dein Medizinstudium keine Zeit für solchen Kram lässt. Obwohl so ein Arztkittel ja auch sexy sein kann.“

„Na ja", ich sah die pflegeleichten Mischgewebeteile vor mir, „nur in alten deutschen Ärzteserien."

Wir probierten und kicherten uns durch die Kollektionsteile, durchweg Größe 32/34, aber manche Stretchteile passten auch mir.

„Öffne doch mal den Champagner", wies Claire mich an, „zum Vorglühen! Ich habe jedem eine Flasche auf das Zimmer stellen lassen. Diese Tage sollen uns an alte Zeiten erinnern."

Sie umarmte mich, Federn umwehten ihr Dekolleté.

Ich nieste.

„Diese guten alten Zeiten liegen gerade einmal zweieinhalb Jahre zurück", konstatierte ich nüchtern.

„Eben, eine Ewigkeit", sie verzog ihr Gesicht, so dass ihre Haut sich straffte.

„Ich finde, dass deine Nase doch sehr schmal geworden ist", sagte ich boshaft, „da hat der Gute etwas zu viel weggemeißelt."

„Besser als der höckerige Zinken, den ich vorher hatte", gab sie munter zurück.

Sie liebte ihre neue Nase.

„Wenn du erst mal plastische Chirurgin bist, lasse ich mich von dir neu operieren."

„Wo etwas weg ist, ist es weg."

Das solltest du mal deinem Arsch sagen!"

Wir brachen in Gelächter aus. Der Champagner ließ uns albern werden. Wirklich, es war fast wie früher, wenn unsere Clique sich die in eins von unseren Zimmern geschmuggelte Flasche Champagner teilte.

Claire überließ mir großzügig zwei Tanktops, eines schlicht schwarz, das andere mit Pailletten bestickt, die ich übereinander kombinieren würde.

Sie selber beschloss, ein Dirndl aus Seidenchiffon zu tragen.

„Wir werden später auf eins der Oktoberfeste gehen: die gibt es hier überall rund um den See. Und jetzt raus, meine Stylistin muss mir die Haare machen und zwar so!“

Sie zeigte mir eine komplizierte Flechtfrisur.

Ich bezweifelte, dass dies mit ihren spärlichen Haaren zustande kommen würde, hielt aber den Mund und zog mit meiner Beute ab.

„Wir treffen uns in einer Stunde unten auf dem kleinen Parkplatz“, rief sie hinter mir her.

Da stand ich nun und schabte mich mit meinen Schuhspitzen durch den Kies. Ich glühte rosig im Champagnerhoch, der Himmel knallte sein Herbstblau über die rotleuchtenden Bäume. Kies knirschte, als Rocco und Eliane losfuhren.

Jetzt standen nur noch zwei Autos auf dem Hof, Claires roter Lamborghini und ein grünes Jaguarcabrio. Den Mann, der drinnen saß und eine Zigarette rauchte, kannte ich nicht. Sah irgendwie italienisch aus, mit längeren, schwarzen, lockigen Haaren. Gar nicht übel.

Ich stöckelte durch den Kies zu ihm hin, kramte aus meiner Tasche Zigaretten heraus. „Kann ich bitte Feuer haben?“

An seinem Handgelenk saß eine Rolex mit schwarzer Lünette. Sportlich, aber nicht breit.

„Warten Sie auch auf jemand?“ fragte ich, dabei kreuzte ich lässig die Beine in den knallengen Lederhosen.

„Ja, auf meine Tante Marie!“

Nanu, wer konnte das denn sein, klang irgendwie altbacken.

„Tante Marie?“ wiederholte ich fragend, schnippte Zigarettenasche von mir weg.

„Tante Marie ist die jüngste Tochter des jüngsten Bruders meines Großvaters“, erklärte der schöne Italiener.

Das klang ja wie im Märchen, dort ist es immer die jüngste Tochter, die den Prinzen abkriegt.

„Wohnt sie eventuell in einem Schloss?“ witzelte ich.

„Ja, im Württembergischen. Ich war als Kind dort oft zu Besuch. Unvergessliche Zeiten.“

Mir fiel auf, dass er die Haare wahrscheinlich so lang trug, weil er ausgeprägte Segelohren hatte. Besonders das rechte Ohr lugte vorwitzig hervor. Ansonsten gepflegte Haut, schöne Augen, er blieb interessant.

„Ich habe als Kind auch gern Verwandte besucht“, tönte ich langweiligen Kram zusammen, um das Gespräch am Laufen zu halten.

„Bestimmt nicht so leidenschaftlich gerne wie ich.“

„Ach ja, erzählen Sie mal.“ Ich beugte mich vor, mein Interesse war nicht einmal geheuchelt.

„Ich hing schon immer an Marie, sie stand mir näher als meine Schwestern und ich freute mich wahnsinnig auf die Ferien, um sie zu besuchen. Wir ritten zusammen aus oder gingen schwimmen. In dem Sommer, als ich elf Jahre alt geworden war, änderte sich aber ihr Verhalten mir gegenüber. Sie hatte für mich keine Zeit und beschäftigte sich ausschließlich mit ihrem anderen Hausgast, einem gewissen Robby. Rob, der Snob, nannte ich ihn. Er war ungefähr so alt wie Marie, sie ist zehn Jahre älter als ich“, erläuterte er mir.

Dabei schenkte er mir ein so bezaubernd offenes Lächeln, dass ich noch näher an ihn heranrückte.

„Was wurde aus ihm, hat Ihre Tante ihn geheiratet? Ist er ihr Onkel Robby geworden?“ rätselte ich.

Er schnippte seine ausgerauchte Zigarette in den Kies, räkelte sich in dem Autositz zurück, dabei schaute er versonnen vor sich hin. Seine rechte Ohrmuschel blinkte rot, seine Wimpern schwangen schwarz und lang, weiße Zähne komplettierten das männliche Schneewittchen. Ich kam von dem Märchenthema gar nicht mehr los, war er etwa mein Traumprinz?

„Ich konnte es damals nicht benennen", fuhr er fort sich in seine Erinnerung zu vertiefen, „aber ich war entsetzlich eifersüchtig. Ich folgte den Beiden auf Schritt und Tritt und gönnte ihnen keine gemeinsame Minute. Wenn sie sich zusammen in einem Zimmer befanden, gewöhnte ich mir an, mein Ohr an die Zimmertür zu pressen und zu erlauschen, was drinnen vor sich ging. Einmal erwischte mich Marie spionierend an ihrer Zimmertür, als ich sie und Robby darin vermutete. Bevor ich reagieren konnte, stürmte sie den Flur entlang, ergriff mich am Arm und zerrte mich in ihr Zimmer. Sie war außer sich vor Wut, ihre Privatsphäre durch mich so verletzt zu sehen. Vom Pressen an die Tür war mein rechtes Ohr ganz breit und rot geworden, somit doppelt auffälliger, als meine großen Ohrmuscheln ohnehin waren." Ein erinnerungszärtliches Lächeln wehte um seine Lippen. „Immer noch wütend packte mich Marie, stieß mich an die Wand neben ihren Schreibtisch und erklärte mir, sie würde mich daran hindern, ihr ständig nachzuspionieren, indem sie mein verräterisches Lauscheohr an die Wand nageln würde. Bevor ich zum Reagieren und sie zum Nachdenken kam, ergriff sie vom Schreibtisch ihren Brieföffner und trieb ihn mit einem festen Schlag des Briefbeschwerers durch meine Ohrmuschel. Erst tat es gar nicht weh, dann sackte ich mit einem Schrei in ihren Armen zusammen."

Mir war der Mund vor Entsetzen offen stehen geblieben.

„Und Robby?“ räusperte ich mich heiser.

„Der reiste am nächsten Tag ab und die Ohrmuschel wurde genäht. Da kommt übrigens Marie.“

Ja, da kam Tante Marie.

Wie sah sie aus?

Noch nie hatte ich einem Menschen mit so unverhohlener Neugier entgegen gestarrt. Sie trug ein wadenlanges, enges Kleid im Stil der vierziger Jahre, in der Taille straff zusammen gegürtelt, die Knöpfe zum schönen Dekolleté geöffnet. Die blonden, halblangen Haare waren straff nach hinten gebürstet. Sie sah aus wie Grace Kelly. Und bevor sie zu meinem italienischen Prinzen in den Jaguar stieg, schlang sie sich wahrhaftig ein cremefarbenes Seidentuch zum Grace-Kelly-Knoten um Kopf und Hals. Alle drei, Prinz, Jaguar und Grace Kelly fuhren knirschend über den Kies davon.

Er sah nicht zurück, nur sein rotes Ohr leuchtete wohlwollend zum stummen „Arrivederci“.

Gegen Tante Marie hatte ich keine Chance.

Jenny

଄

Kennst du das? Manchmal wird man in das Leben Anderer so verflochten, dass sie einem plötzlich viel bedeutsamer erscheinen als jene, mit denen man doch so viele Tage gemeinsam gegangen ist.

Ich war im Urlaub, am letzten Tag, als mich der Anruf einer Freundin erreichte, die mich am heimischen Flughafen abholen sollte. Sie berichtete mir mit tränenerstickter Stimme vom Tod der fünfzehnjährigen Tochter einer gemeinsamen Kollegin. Ein Autounfall, geschehen beim harmlosen Überqueren einer Straße. Ich kannte die Tochter nicht, der berufliche Kontakt zur Kollegin war nur knapp freundschaftlich, aber auch ich hatte ein einziges Kind, einen Sohn. Wenn ihm etwas zustoßen würde, wäre mein Leben entwurzelt.

Ich empfand tiefes Mitgefühl.

Zu meiner Überraschung empfing mich eine gefasste Freundin, die mir sogar vorschlug, gemeinsam zu dem vor einigen Monaten gebuchten abendlichen Gourmet-Kochkurs zu gehen.

„Aber als wir den Kurs buchten, wusste ich noch nicht, dass ich an diesem Abend aus dem Urlaub zurück kehren würde“, protestierte ich.

Meine Freundin sah mich liebevoll an.

„Schatz, mit deinem Jetlag kannst du jetzt sowieso nicht schlafen. Probiere es doch einfach. Sabine wird auch da sein."

Sabine, deren Tochter bei einem Unfall getötet worden war.

Ich schwieg. Vielleicht konnte ich ihr Mitgefühl und Trost bezeugen.

Als Sabine zur Türe herein kam, nahm ich sie spontan in den Arm. An ihrem Augenausdruck sah ich ihre Verblüffung, als sie mich zurück schob.

„Hallo. Schön dich wieder zu sehen. Weil ein Teilnehmer ausgefallen ist, erlaubte mir die Kursleiterin, meine Tochter mitzubringen. Darf ich vorstellen, das ist Jenny!"

Sie schob ein mittelgroßes, schlankes Mädchen vor. Jenny besaß ein schüchternes, sanftes Lächeln.

Ich war wie vor den Kopf geschlagen. Was war hier los?

Sabine besaß nur eine Tochter, das wusste ich genau. Hilfesuchend sah ich meine Freundin an. Aber auch diese reagierte völlig gelassen und begrüßte Jenny freundlich.

Ich wusste nicht, was ich tun oder sagen sollte. Mechanisch trabte ich mit den übrigen Kursteilnehmern zu den Kochzeilen und überhörte komplett die einführenden Worte der Leiterin. Meine Gedanken fielen übereinander her, fraßen sich gegenseitig auf und gebaren sich neu. Es musste doch eine logische Erklärung, eine Lösung für diese mir unverständliche Situation geben.

Der Anruf meiner Freundin dort war doch real gewesen, aber Jenny hier war ebenfalls real. Mir wurde ganz leicht im Kopf, als ich verstand.

Ich hatte ja eine Zeitgrenze überwunden. Das Ereignis war hier noch nicht angekommen. Sie wussten noch nicht, was – ich sah auf meine Uhr – in drei Stunden passieren würde.

„Ist es Ihnen Recht?“ fragte mich eine weiche Stimme.

Jennys hellbrauner, sanft gebürsteter kopf schob sich in mein Bewusstsein.

„Aber ja, “ sagte ich hastig und atemlos, „was denn?“

„Dass wir zusammen kochen. Ich habe Sie mir ausgesucht.“

Jennys fragender Blick traf mein Herz.

Ich nickte stumm.

Auf cremeweißen, blitzblanken Regalen standen die Zutaten für unsere Rezepte. Makellos, unangetastet, aromafrisch versiegelt. Sie standen nebeneinander, so, als wäre Eins so wichtig wie das Andere und die Zutaten und deren Menge zu den Rezepten wäre nicht von ihnen abhängig. Als hätten wir die Wahl, was wir in dem jeweiligen Moment aussuchen und verwenden würden.

Ich erinnere mich, dass ich versehentlich Kokosmilch statt Sahne benutzte und reichlich Zucker in die Suppe streute.

Jennys Reaktion war ein entzücktes Lachen und ihre Erwartung auf besonderen Wohlgeschmack der entsprechenden Speise. Sie zwitscherte wie ein Schwälbchen und erinnerte mich an meine thailändische Masseurin aus dem Urlaubsresort.

Ich wäre eine schöne Madame, hatte diese jedes Mal gesagt und Jenny flötete Ähnliches.

„Sie sind eine schöne und elegante Dame, “ und fügte mit der Bestimmtheit der Jugend hinzu, „Frauen ab einem gewissen Alter sollten Damen sein.“

„Jenny!“ mahnte ihre Mutter und sah mich besorgt an.

Ich lachte, ohne Übergang hatte mich eine tiefe Liebe zu diesem Kind ergriffen. Zärtlich beobachtete ich, wie sie ihre süße Suppe aß.

Sie zwinkerte mir zu.

Ich starrte zurück, nur mit dem Gedanken verflochten, wie ich das Kommende verhindern konnte. Sie durfte einfach nicht auf die Fahrbahn gehen, ich musste verhindern, dass sie die Straße überquerte.

Erst versuchte ich, den Aufbruch zu verzögern, aber die Kursleiterin bestand energisch auf einem pünktlichen Ende.

Dann verabschiedete ich mich so schnell, wie es die Höflichkeit zuließ, von meiner Freundin und bestand darauf, mich zu Fuß nachhause zu begeben, mein Gepäck könnte sie mir am nächsten Tag vorbeibringen.

Man sah ihr an, dass sie darüber nachgrübelte, ob die Urlaubssonne mir geschadet hätte. Es war mir egal, ich würde Jenny daran hindern, die Straße zu überqueren.

Ich positionierte mich an der Straßenecke, sah Jenny aus dem Gebäude kommen und lief, laut ihren Namen rufend, auf sie zu.

Plötzlich spürte ich von hinten einen heftigen Stoß, der mich zu Boden warf und war im Nu von einem gewaltigen hellen Licht erfüllt.

Das Letzte, was ich sah, war Jennys über mich gebeugtes Gesicht.

Sternbilder, Aquarell/Bleistift/Silbertusche 2015

Sternbilder

ଔ

„Spart euch die Worte", rief der große Exekutor, „ihr wisst, worum es geht."

Ennox, der Vertreter der Psychologeninnung, schob die Unterlippe vor. Er hätte gerne weiter formuliert, argumentiert und debattiert, aber er wusste, ein solches Verhalten würde das wabernde Glück stören. Unzufrieden dehnte er sich aus und zog sich dann wieder zusammen.

Madame Fireball, die ihn beobachtet hatte, hob süffisant die Mundwinkel. Ihre Aura strahlte unverändert orangerot.

„Die Ergebnislage ist klar", fasste sie zusammen.

Ihr schönes Gesicht mit den makellosen, grünen Stirnfühlern war so gelassen wie lasziv.

„Oh ja", dachte Ennox, „das alte Nebelschiff greift wieder zu Trickmodulen und Sturmnase fällt natürlich darauf herein."

Laurus, der Gesellschaftsinspizient, sah ihn räumlich an und schüttelte den Kopf.

„Solaxis", bot Laurus den traditionellen Friedensgruß und seine Stirnfarbe wechselte in tiefes Violett.

Nardina Haly grüßte ebenso zurück.

Ennox schätzte und fürchtete sie gleichermaßen. Sie war das ausführende Organ des großen Exekutors und ihre mentale und körperliche Kraft war legendär. Mit ihren Armbogen schob sie Galaxien zusammen oder auseinander, je nach Bedarf.

Nardina Halys Arbeitsfeld deckte sich oft mit dem Testo Siris, das sich kaum jemals materialisierte. Auch in dieser Zusammenkunft der Galaxisvertreter war es ohne seine Masse erschienen. Jeder der Anwesenden akzeptierte und verstand Testo Siris Anspruch, ohne persönliche Form die Ganzheit der Galaxianer zu vertreten.

Es' Aufgabe und Fähigkeit bestand darin, die Zeit zu krümmen und die von Madame Fireball befehligten raumüberwindenden Gleithüllen samt Insassen zu schwingen und bei erfolgter Zielankunft zu materialisieren.

„Das hat es drauf, das praktiziert es ja permanent bei sich selbst“, verweilte Ennox in glücksverweigernden Grübeleien.

Im gleichen gefühlten Moment legte Laurus eine Schwingung seiner friedreichen Aura um ihn und schützte ihn so davor, von den anderen Mitgliedern des Gesellschaftsrates verlassen zu werden.

Denn Laurus schätzte Ennox. Er wünschte, ihn im Sicherheitsrat zu behalten. Er war so, Laurus zögerte innerlich, es zu benennen, noch so menschlich.

Laurus' Koordinatorin HeraldinA war nicht anwesend. Ihre Aufgabe war es, bei den zu Deportierenden keine Panik aufkommen zu lassen und sie mit waberndem Glück in ihren letzten Sternstunden zu umhüllen. Denn wie sonst konnte galaxiös mit der zu lösenden Problematik umgegangen werden?

Der große Exekutor liebte und praktizierte das galaktische Dasein in großer, manchmal grober Weite und Breite.

Sein Spitzname Sturmnase rührte von dem Getöse seiner überstandenen Sonnenstürme her.

Einer der großen Chronokratoren, gestand Laurus ihm zu.

Er selber war eher ein Musikant der Stille.

Doch beides war vonnöten und ergänzte sich.

Im Moment allerdings drohte Ennox Gefahr, durch sein Verhalten aus der Umlaufbahn zu fallen.

Dadurch würde Ennox sechs Millionen Timesphären verlieren und er, Laurus, einen guten Gefährten.

Madame Fireballs Stirnfühler bewegten sich sacht und anmutig wie liebende Sphärenklänge, die sich und andere Wesen zierend umrahmen.

„Ja", erkannte Ennox, „sie vollführt ihr Werk, sie macht es gut, sie IST gut. Sie ist besser als ich."

Seine sich erhellende Aura vermischte sich mit ihrer zu einem sämtliche Ratsmitglieder überstrahlenden Lichtkreis.

„Genug des allumfassenden Glücks", polterte Sturmnase los, „wann verlassen uns endlich die Herausfallenden?"

„Zurück auf die Erde!" dachte Ennox, „will ich mit?"

Er könnte, keiner würde ihm dies verwehren.

Es, Testo Siri, würde sich vielleicht sogar zum Abschied materialisieren und ihn, Ennox, mit Testo Siris kosmischen Augen ansehen, die alles wissen, ohne Trauer verlassen und seinem, Ennox' Schmerz wäre nichts hinzuzufügen.

„Die Vorbereitungen sind abgeschlossen", beantwortete Madame Fireball Sturmnases Frage.

„Sie fügen sich nicht ein", sensorierte sie Ennox' Gedanken, „ich sprech natürlich von den Abreisenden", glühte sie hinzu.

Ihre Stirnfühler schienen zu zirpen.

„Bei den großen Protuberanzen, lasst uns den Orbit öffnen, damit die Deportation beginnen kann", brummte der große Exekutor. Sein breiter Bärenschädel leuchtete.

„Warum werden alle Galaxisversager auf die Erde transformiert?" protestierte Ennox noch einmal.

„Weil wir in ihrem Sinne menschlich handeln!" formulierte Laurus sachlich.

„Sollten wir sie in lebensfeindliche Gebiete umsiedeln? Oder auf Protoplaneten? So haben sie das Angebot zu lernen, dass ihre einzige Möglichkeit zu überleben darin besteht, sich nicht zu bekriegen oder andere Lebewesen zu vernichten. Ihre Chance, mit uns die Existenz zu teilen, haben sie vertan."

„Sie empfanden nicht den Klang der unnennbaren Dinge, sie erlebten nicht die Stille", fügte er unhörbar hinzu.

Testo Siri umhüllte und verließ ihn ohne Zeitunterschied.

Ennox stöhnte laut auf.

Das Wissen um sein früheres Menschenblut und der Kummer über die von menschlichen Geschöpfen niedrigster Lebensart besiedelte Erde dröhnte in ihm und dehnte sich unendlich aus.

Laurus signalisierte ihm einen strahlendgelben Gedankenblitz. „Per aspera ad astra, denke an deinen eigenen Weg …".

„Ich bitte um Auskunft", ignorierte ihn Ennox, „ die Erde, der vollkommene Planet Erde, wird immer mehr von ihr Wesen ignorierenden Schwachexistenzen bevölkert. Sie überziehen sie wie ein Pilzgeflecht, ersticken sie mit ihren Ausscheidungen. Die Erde überlebt das nicht."

„Dieser Aussatz ebenso wenig", Madame Fireball lachte leuchtend grün auf, „und sie unterschätzen die Widerstandsfähigkeit unserer Planeten", versprach sie mit gelassenem Stolz, als wäre sie die Schöpferin Derselbigen.

„Wenn Sie jedoch so sehr um Planet Erde besorgt sind, Ratsmitglied Ennox, lassen wir zu Ihrer Entlastung etliche der menschlichen Fluggeräte mit ihren Insassen abstürzen oder ihre seltsamen Meeresfahrzeuge mit ihnen verschwinden. Es ist so amüsant, wenn diese unwissenden Geschöpfe vergeblich nach ihrem Verbleib suchen."

Dann schwieg sie, ihre Fühler sensorierten, dass der Orbit zu schwingen begann.

Der große Exekutor hob den Strahlungsgürtel auf und gab somit das Zeichen zur Entfernung der Galaxisversager.

Nardina Haly spannte die Arme.

Ihr wechselndes Profil leuchtete zu den Erddeportierten.

Sie nannten es Sternbilder, erinnerte sich Ennox.

Sarah Rotbaum

ଓ

Die Eingangstür zum Tankstellenverkaufsraum glitt auseinander. Sie ging, lief, dachte, halt, Kopf über Körper, schritt zur Kasse. Vorbei an staunenden Biersixpacks, flankiert von vor Begeisterung fast umfallendem, hüfthohem Pappfußballerkörper. Es roch so gut. Wie ein Schokocroissant.

„Welche Nummer?"

Augen sahen sie an. Sie warf ihre Haare zurück, entfernte, weil in entfernten Winkeln ihres Gehirns registriert, eine klebengebliebene Strähne vom Lipgloss.

„Sieben", sprach sie, „und ein Schokocroissant", seufzte sie hinterher, müde versunken in den Anblick ihrer rechten Hand, die mit neuen Nägeln versehen auf dem Tresen lag.

„P.E.R.F.E.K.T." dachte sie, schon fast dieser frischen Vollkommenheit überdrüssig, und ohne die Zusammenhänge der Gefühle zu erfassen, gierte sie nach dem Schokoteilchen.

„Wo blieb bloß dieser Lahmarsch?"

Eine gefüllte Papiertüte wurde über den Tresen gereicht, mit einem Stift auf den Kassenbon gezeigt.

Sie zog mit der Sonnenbrille ihre Stirn frei, kritzelte ihren Namen. Etwas hätte anders laufen müssen. Ungefähr so wie in dem Uraltmusikvideo von diesem Uraltami, dessen Namen sie sich nicht merken konnte. Aber so hätte es laufen müssen, haargenau so.

Sie wäre mit einem Cabrio an einer Tankstelle vorgefahren, hätte die Autoschlüssel in die ölverschmierten Hände des muskulösen und seinen Platz unter dem Auto kennenden Statisten fallen lassen.

Sein Blick wäre ihr bis unter die Beine gefolgt.

Sie biss in ihr Schokocroissant, wurde sich sofort bewusst, dass die herausquellende Masse ihre Schneidezähne mit einem öligen, schwarzen Film überziehen würde. Vor Wut biss sie wieder zu und spürte nur noch müde Teigbrösel.

Und dann lief der hinter der her und traute sich nicht, sie anzusprechen, weil sie so geil war und auf dem Hügel in einem geilen Haus wohnte und ganz anders hieß als alle Anderen, sie würde Sarah Rotbaum heißen, einen geileren, röteren Namen gab's gar nicht und immerhin hatte sie es fast zur Miss Gebrauchtwagen des Autohauses Wieseck-Ost geschafft.

Und dieses lahmarschige Nichts von der Tanke sah ihr sowieso hinterher.

„Bei solchen Oberschenkeln sollte man keine pinkfarbenen Leggings tragen", sagte in dem Moment, in dem die Tür hinter ihr zusammenglitt, dessen Kollegin zu ihm.

Er schwieg, kein Video, kein Film lief in seinem Kopf ab.

Er hatte nichts gesehen, jeden Tag acht Stunden Schicht an der Tanke kann ein fühlender Mensch nur durch Stumpfsinn ertragen.

„Also, halt die Klappe!"

Die Himmelsleiter

ᘓ

„Komm, wir flüchten“, sagte Tom und streckte Maya seine Hand hin. Sie nahm sie, auf den Wangen glitzerten die Regenwurmspuren ihrer Tränen. „Wohin?“

„In Mamas Schlafzimmer.“

„Da ist sie aber nicht.“

„Ich weiß“, sagte Tom.

Er öffnete die Tür und ging mit Maya an der Hand in das dunkle, stille Zimmer. Maya steckte den rechten Daumen in den Mund, betrachtete das zugedeckte Bett.

„Du bist kein Kleinkind mehr“, wiederholte Tom mechanisch Worte des Vaters und ploppte den Daumen heraus.

Dann ließ er Maya los. Er versuchte, die zugezogenen Vorhänge zu öffnen. Sie fielen schwer in das schwarze Zimmer zurück.

„Da liegt Mamas Bettwäsche mit den gelben Blumen“, sagte Maya, „schläft sie da oben?“

„Wo?“ fragte Tom.

Maya deutete auf den hohen Schlafzimmerschrank.

„Sie haben kurz geleuchtet.“

Beide legten den Kopf in den Nacken und sahen hinauf.

„Wie kommen wir da hin?“ fragte Maya.

Tom überlegte kurz. „Durch die Dachbodenluke", sagte er, „dann sind wir direkt darüber." Er kletterte die Dachbodenstiege hoch und drückte die Luke auf. Das hatte er noch nie gemacht und so knallte die Tür wie ein Erdbeben auf den Dachboden. „Komm", flüsterte Tom, „bevor Gunilla uns findet."

Maya hatte schon fast der Mut verlassen, aber jetzt ließ sie sich von Tom auf den Dachboden ziehen.

„Ja die, die mit ihrem Kakao", keuchte sie.

Tom ließ die Lukentür behutsam zurück fallen.

Es wurde stockfinster. Beide tasteten nach ihren Händen.

„Ich will Mama finden", hörte Tom Maya leise sagen.

Jetzt verließ Tom der Mut. „Hier?" dachte er.

„Ist doch egal, wo", blinkte ein kleines Licht auf.

„Was ist das? Wo bist du?" rief Tom.

Das Licht erschien und verschwand wieder.

„Wo bist du?" wiederholte Tom laut.

Maya hielt sich dicht neben ihm.

„Meine Augen sind zu, damit ich die Dunkelheit nicht sehe", flüsterte sie.

„Hier bin ich", blinkte das Licht mal aus der einen, mal aus der anderen Richtung.

„Wie ein Glühwürmchen", rief Tom, „ich dachte, du wohnst im Gras."

„Macht doch die Augen auf, Kinder. Ich wohne, wo ich bin."

„Lass mich dich anfassen", keuchte Tom und riss die zögernde Maya mit.

„Kommt mir nicht zu nahe, ein Schüppchen mehr oder weniger und schon sehe ich anders aus als vor einer Sekunde. Im Moment sehe ich so aus, wie ihr mich euch vorstellt."

„Ja", flüsterte Maya und öffnete die Augen, „du leuchtest."

„Draußen am Himmel leuchten die Sterne. Wollt ihr sie sehen?"

„Ja, bitte noch mehr Licht!" rief Maya.

Sie kletterten den Schornsteinaufstieg hoch und folgten dem blinkenden Glühwürmchen auf der steil aufstrebenden Leiter, bis sie anfingen, vor Kälte zu zittern. Ja, sie überholten das Glühwürmchen in ihrem Eifer und sahen es zuletzt weit unter sich blinken.

"Lass uns zurück kehren", bat Maya, „ich habe mir den Himmel nicht so kalt vorgestellt.

„Das ist auch nicht der Himmel, das sind die Wolken", funkte das Glühwürmchen beiden Kindern zu.

„Aber wir brauchen dein Licht", trotzte Tom.

„Ich kann die Kälte auf Dauer nicht aushalten. Es ist doch egal, wo das Licht herkommt. Man gehört dahin, wohin man sich fühlt", blinkte das Glühwürmchen ihnen den Weg zum Schornstein zurück.

„Ihr steigt hinein und lasst euch einfach herunterrutschen", verabschiedete es sich mit einem letzten Aufleuchten von ihnen. Tom ließ Maya zuerst in den Schornsteinschacht rutschen, dann stieg er ein.

„Aua", schrie Maya. Tom lag auf ihr.

Gunilla, ihr Aupair-Mädchen aus Schweden, stürzte aus der Küche auf sie zu.

„Rauft nicht immer so wild. Bald kommt euer Papa von der Arbeit zurück und bis dahin müsst ihr noch euren Kakao trinken."

Tom und Maya sahen sich an und lachten laut und wild.

Über die Autorin

ও

Alle im Buch gezeigten Bilder können gerahmt oder ungerahmt von der Autorin erworben werden. Viele weitere Bilder finden Sie auf der Homepage: claudia-muehlhans.de

© Claudia Mühlhans
Aulweg 126
35392 Gießen
Fon: 064174857
Mobil: 015152149679
Email: claudia.muehlhans@web.de
Homepage: Claudia-muehlhans.de

1953 in Halle/Saale geboren, seit 1956 in Gießen.
1971 Abitur an der Ricarda–Huch– Schule, Gießen; anschließend fünf Semester Lehramtstudium an der Justus–Liebig–Universität Gießen.
Heirat 1972, ein Sohn (Nikolai).

Literarische Veröffentlichungen:

Ein Roman „Und Abel erschlug Kain“ im Verlag Neues Leben, Berlin 1992 (ISBN: 3-355-01330-7);

September 2001 Gewinnerin des bundesweit ersten Internet - Literaturwettbewerbs mit der Kurzgeschichte "Der Milchtrinker" (ISBN: 3-932917-28-6);
Kinderbuch „Mona Mondmädchen", 2013
Kurzgeschichten „Stellenweise Bodenfrost", 2012
Lyrik „Der gemeine Zauber", 2014 , ISBN 978-3-7375-6077-1

Lyrik:

„Liebe", Gedicht, in „Nähe ganz nah Nähe – Gedichte vom Leben zu zweit", Gruner & Jahr Verlag, Hamburg (ISBN: 3-570-07241-X);
„Straßenkinder", Gedicht, in der Anthologie der Nationalbibliothek des deutschen Gedichts, Realis-Verlag, Gräfelfing (ISBN: 3-930048-46-9);
Preisträgerin beim Dorstener-Lyrik-Preis 2008 mit dem Gedicht „Vogelsang".

Bisherige Einzelausstellungen:

Hungen (1994)
Gießen (1995, 1996, 1997, 1999, 2000, 2004, 2005, 2006, 2009, 2010, 2011)
Rauschenberg (1996, 1999)
Wetzlar (1996, 1998)
Leverkusen (2000, 2003)
Kloster Schiffenberg (2001)
Frankfurt am Main Stadt- und Universitätsbibliothek (2002)
Linden (2002)
Marburg (2007)

Hungener Schloss (2008)
Marburg Gewo-Galerie 2012
Dauerausstellungen Rhön-Klinikum: Direktion seit 2013 und
Augenklinik seit 2015
Galerie „Atelier Terra“ Berlin-Friedrichshain 2014

ISBN 978-3-7418-6666-1
9 783741 866661 00002
www.epubli.de